DRESSLER

Magdalen Nabb

Finchen freut sich auf Weihnachten

Deutsch von Ulli und Herbert Günther

Zeichnungen von Petra Probst

Cecilie Dressler Verlag · Hamburg

Andere Finchen-Geschichten
erzählt Magdalen Nabb in ihren Büchern
Finchen will was Schönes schenken
Finchen fährt ans Meer
Finchen in der Schule

Die englische Originalausgabe erschien bei Harper Collins Publishers Ltd.,
London, unter dem Titel *Josie Smith at Christmas*
Deutsch von Ulli und Herbert Günther
Einband und Zeichnungen: Petra Probst
Satz: Utesch Satztechnik GmbH, Hamburg
Druck und Bindung: Clausen & Bosse, Leck
Printed in Germany 1994
ISBN 3-7915-1420-2

Inhalt

Finchen und der Weihnachtsengel 7

Finchen und das Kostümfest 49

Finchen und Percy 85

Finchen und der Weihnachtsengel

Es war ein dunkler Nachmittag, der Schnee fiel in dichten Flocken. In Finchens Klassenzimmer brannte Licht, und die Kinder machten einen Heidenlärm. Der Fußboden war feucht von all den Gummistiefeln, es roch nach Mittagessen, und auf den Heizungen lagen nasse Handschuhe zum Trocknen, weil die Kinder in der Pause Schneebälle gemacht hatten und beim Schlittern in den Schnee gekugelt waren.

»Alle mal herhören!« sagte Frau Wohlrab. Aber alle lärmten und schubsten, und es war kaum etwas zu verstehen.

»Wenn ihr eure Turnschuhe anhabt«, sagte Frau Wohlrab, »rückt die Tische und Stühle zur Seite. Aber leise!«

Alle fingen an, Tische und Stühle zu verschieben, aber leise waren sie kein bißchen. Sie krachten und kreischten, sie drängelten und schoben, sie scharrten und polterten und stritten und stießen – da flog die Tür auf, und herein stürmte Frau Pohl, die Direktorin.
»Was fällt euch ein!« rief Frau Pohl. »Was fällt euch ein, solchen Lärm zu machen, daß ich es bis in mein Büro hören kann!«
Alle verstummten. Es wurde so still, daß man die Kinder atmen hören konnte, und Finchen hörte außerdem noch, wie es in ihrer Brust bum, bum, bum machte, denn sie hatte Angst vor Frau Pohl.
»Was geht hier vor?« donnerte Frau Pohl.
»Sie rücken nur ihre Tische und Stühle zur Seite«, erklärte Frau Wohlrab, »damit sie das Krippenspiel üben können.«
»Tische und Stühle rücken!« rief Frau Pohl entrüstet. »Rückt man so etwa einen Stuhl? Robert Becker! Ich rede mit dir!« Sie trat auf Robert zu und schimpfte von oben auf ihn herab.

»Einen Stuhl faßt man an der Sitzfläche und hebt ihn an! Man nimmt ihn nicht an der Rückenlehne und schleift ihn über den Boden! Wenn ich höre, daß hier Stühle kaputtgehen, lasse ich eure Eltern kommen! Ist das klar?«

Alle sagten: »Ja, Frau Pohl.«

Und Lena sagte mit zuckersüßer Stimme: »Ich trage meinen Stuhl aber richtig, Frau Pohl.«

»Das will ich auch hoffen!« polterte Frau Pohl. »Und noch etwas! Ich hatte heute nachmittag einen Jungen in meinem Büro, weil er Schneebälle mit Steinen drin geworfen hat. Wenn ich noch ein einziges Kind erwische, das Schneebälle mit Steinen wirft, gibt es auf meinem Schulhof keine Schneeballschlachten mehr! Ist das klar? Danke, Frau Wohlrab.«

Frau Pohl marschierte zur Tür. Gerade als sie hinausgehen wollte, blieb sie noch einmal stehen.

»Was ist denn das?« Sie hatte etwas auf dem Boden entdeckt. Etwas kleines Weißes. »Was ist das?«

Keiner wußte es, aber alle hatten Angst. Frau Pohl bückte sich und hob das kleine weiße Ding auf. »Frau Wohlrab!« rief sie drohend. »Wer war das?«
Frau Wohlrab warf einen Blick auf das kleine weiße Etwas und sagte: »Ach, du meine Güte … ich habe keine Ahnung.«
»Wer hat das kaputtgemacht?« Frau Pohl wandte sich

an die ganze Klasse. Sie hielt das Ding hoch, damit es alle sehen konnten.
Es war der Engel von der Weihnachtskrippe, die auf dem Schrank stand. Der schimmernd weiße Keramikengel mit ausgestreckten Händen, goldenen Flügeln und lockigem Engelshaar.
»Jetzt seht euch das an!« schimpfte Frau Pohl.
Alle sahen es an.
Der schimmernd weiße Engel hatte keinen Kopf und keine ausgestreckten Hände mehr, und von seinen goldenen Flügeln waren die Spitzen abgebrochen.
Keiner sagte etwas.

Da rief Lena: »Gerrit hat ihn kaputtgemacht, Frau Pohl. Er hat damit rumgespielt, das hab ich gesehen!«
Immer mußte Lena petzen.
»Gar nicht wahr!« rief Gerrit. Er sah ängstlich aus.
»Ich werde deine Eltern herbestellen, Gerrit! Und glaubt nur nicht, daß ihr aus meinem Schrank einen neuen Engel für eure Krippe bekommt. Jetzt müßt ihr eben ohne Engel auskommen! So, und nun macht leise weiter! Danke, Frau Wohlrab.« Damit rauschte Frau Pohl hinaus und schlug die Tür zu.
Leise rückten sie nun Tische und Stühle zur Seite, dann blieben sie in der Mitte des Klassenzimmers stehen und warteten. Sie machten keinen Lärm mehr, und sie hatten keine Lust mehr. Gerrit ging zu Lena und hielt ihr die Faust unter die Nase.
»Na warte, das wirst du büßen«, zischte er. »Alte Petze!«
»Hau ab!« rief Lena. »Sonst sag ich es Frau Wohlrab!«
»Du mußt aber auch nicht immer petzen«, sagte

Finchen. Lena war Finchens beste Freundin, aber manchmal konnte Finchen sie nicht ausstehen. »Ruhe jetzt!« sagte Frau Wohlrab, und dann fingen sie mit der Probe für ihr Krippenspiel an. Sie stellten sich auf, und Robert rief: »Sehet!« Dann schwieg er. Er spielte einen der drei Könige, aber es machte ihm keinen Spaß. Er spielte lieber Batman.

»Sehet!« rief er noch einmal, aber er wußte nicht mehr, wie es weiterging. Der zweite König stieß ihn mit dem Ellbogen an, da drehte sich Robert um, stieß zurück und sagte: »Hör auf zu schubsen!«

»Robert!« sagte Frau Wohlrab. »Wir sind einem hellen Stern gefolgt.«

»Der vergißt es immer, Frau Wohlrab«, sagte Lena. Sie spielte einen Engel, und sie würde Flügel haben wie der Engel von der Weihnachtskrippe, der jetzt leider zerbrochen war.

»Fang noch mal von vorne an«, sagte Frau Wohlrab. »Und du, Gerrit, sitz endlich mal still. Wenn du heute noch etwas kaputtmachst, dann wird es mir aber zu bunt.«

Gerrit saß allein in einer Ecke. Er machte nicht bei dem Krippenspiel mit, weil er bald ins Krankenhaus mußte, um sich die Mandeln herausnehmen zu lassen. Auch Finchen, Anna und Christina sollten die Mandeln rauskriegen, aber sie wußten noch nicht, wann sie ins Krankenhaus mußten. Frau Wohlrab ließ sie in dem Stück mitspielen, aber sie mußten nichts sagen, und sie hatten auch kein Kostüm, weil sie ja bei der Aufführung vielleicht gar nicht das ein würden. Finchen, Anna und Christina mußten nur mit gekreuzten Beinen auf dem Boden sitzen, sie waren »Kinder mit Geschenken«. Finchen dachte an Lena, die ein langes weißes Kleid und Flügel haben würde, und am liebsten hätte sie geweint. Aber sie weinte nicht.

»Robert«, sagte Frau Wohlrab, »bitte versuch doch ein einziges Mal, dich an deinen Text zu erinnern. Du hast doch gar nicht so viel zu sagen, oder?«

»Nein«, sagte Robert. Er zog eine schaurige Grimasse und fummelte an seinem Plastik-Batman in der Hosentasche herum.

»Na, dann fang noch mal von vorne an. Und diesmal richtig.«

Robert überlegte kurz, dann rief er: »Sehet!« Er machte eine Pause, überlegte lange, und alle waren ganz gespannt, ob er weiterwußte.

»Keiner sagt es ihm vor!« rief Frau Wohlrab.
Robert überlegte immer noch. Dann schrie er:
»Sehet! Ich verkünde euch eine frohe Botschaft!«
»Das sagst du doch gar nicht!« rief Frau Wohlrab.
»Das muß der erste Engel zu den Hirten sagen, um Himmels willen!«
Da klingelte es, und der Unterricht war zu Ende.
Finchen und Lena zogen ihre Mäntel an, und Finchen wickelte sich ihren kratzigen Schal ein paarmal um den Hals, damit sie keine Mandelentzündung bekam. Dann setzte sie ihre Kapuze auf. Lena hatte eine rosa Strickmütze mit Bändern zum Zubinden, und an den Bändern waren Bommeln. Frau Wohlrab mußte ihr die Bänder zubinden. Lena reckte ihr Kinn hoch, damit Frau Wohlrab eine Schleife machen konnte, dann sagte sie: »Gerrit macht immer alles kaputt, Frau Wohlrab!«
»Es war ein Versehen«, sagte Frau Wohlrab. »Er wollte den Engel nicht zerbrechen, aber schade ist es

natürlich doch. Ohne Engel ist die Krippe nicht so hübsch. Ich frage mich, ob wir nicht selber einen basteln könnten.«
»Ja, das kann ich«, sagte Finchen. »Meine Mutter hilft mir.«
»Nein, ich!« rief Lena. »Meine Mutter hilft mir auch.«
»Ich kann einen basteln«, rief ein anderer.
»Nein, ich, ich, ich«, riefen alle.
»Jeder kann es versuchen«, sagte Frau Wohlrab. »Und den schönsten stellen wir zu unserer Krippe. Aber jetzt geht alle schnell nach Hause, es wird schon dunkel.«
Manche Kinder dachten an ihre Handschuhe auf der Heizung, manche nicht. Lena zog ihre gestrickten rosa Fäustlinge an, die an Bändern in ihren Mantelärmeln festgenäht waren. Sie mußte nie ihre Handschuhe auf die Heizung legen, weil sie nie Schneebälle machte.
Als sie fertig waren, riefen alle:
»Auf-Wie-der-se-hen-Frau-Wohl-rab!«

Dann machten sie sich auf den Heimweg.
Draußen war es dunkel und eiskalt, und der Schnee, der am Nachmittag schön weich und flockig gewesen war – gerade richtig für Schneebälle –, wurde jetzt harsch und vereist. Im Licht der Straßenlaternen glänzten dort, wo Autos gefahren waren, braune Spuren auf der Straße. Finchen fand den Schnee gar nicht mehr so schön, wenn er schmutzig war.
»Hoffentlich schneit es bald wieder«, sagte sie.
»Hoffentlich nicht«, sagte Lena. »Dann muß man Gummistiefel anziehen, und dann rutschen die Socken runter und drücken.«
Finchen hatte immer ihre Gummistiefel an. Man konnte damit klettern und gegen Steine treten und in Pfützen patschen, ohne ausgeschimpft zu werden.
Als sie zu Herrn Schuhmachers Schrebergarten kamen, sagte Lena: »Ich wette, du willst gar keinen Engel für die Krippe basteln.«
»Will ich wohl!« sagte Finchen. »Mit goldenem Haar und Flügeln.«

»Dann mache ich auch einen«, sagte Lena.
Finchen war das egal, denn sie konnte von allen in der Klasse am besten basteln. Sie trampelte mit ihren Gummistiefeln durch den Schnee und ließ ihn hochspritzen.
»Hör auf damit!« sagte Lena. »Sonst krieg ich noch Schnee in die Stiefel.« Da flog etwas gegen ihre Wollmütze, und Lena schrie: »Aua!«
In der Dunkelheit rannte eine Horde Jungen durch ein Seitengäßchen davon, und Finchen hörte Robert johlen: »Da-da-da-da-da-da! Da-da-da-da-da, Batman!«
Weinend rannte Lena nach Hause.
»Hu-ähh hu-ähh!« heulte sie. »Das sag ich meiner Mama! In dem Schneeball war ein Stein drin, das sag ich! Hu-ähh! Hu-ähh!«
Finchen lief hinter ihr her und schlitterte in ihren Gummistiefeln über den Schnee. Sie hatte Angst hinzufallen, aber sie mußte Lena unbedingt einholen.
»Warte!« rief sie. »Wart auf mich! Da war gar kein Stein drin! Es war ein ganz normaler Schneeball!

Robert hat ihn geworfen, und der macht nie Steine in Schneebälle rein! Warte doch!«
Aber Lena bog schon um die Ecke – sie weinte immer noch –, und Finchen sah ihre rosa Strickmütze im Licht der Straßenlaterne auf und ab wippen.

»Warte auf mich! Lena!«
Finchen schlitterte um die Ecke und klammerte sich dabei an den kalten Eisenpfahl der Straßenlaterne, damit sie nicht hinfiel. Aber Lena stürmte schon zur Haustür hinein. Jetzt, wo sie wußte, daß ihre Mutter es hörte, weinte sie noch viel lauter.
Langsam ging Finchen weiter. Im gelben Laternenlicht sah sie ihren Atem wie Rauch aufsteigen, und in ihrer Brust machte es bum, bum, bum. Vor dem Eingang zu ihrem Haus trat sie sich den Schnee von den Stiefeln und ging hinein.
»Mama!« rief sie. »Lena will Robert verpetzen, daß er Schneebälle mit Steinen drin wirft, und das stimmt überhaupt nicht, es war nämlich ein ganz normaler Schneeball, das hab ich gesehen, und weißt du, Mama, wenn sie das in der Schule sagt, läßt uns Frau Pohl keine Schneeballschlachten mehr machen!«
»Zieh deine Stiefel aus, bevor du hier reinkommst«, sagte Finchens Mutter. »Jeden Tag muß ich dir das sagen.« Finchens Mutter nähte gerade den Saum an

einem Rock, den sie für Lenas Mutter geschneidert hatte. »Und zieh deine Hausschuhe an!« sagte sie. Finchen zog ihre Stiefel aus und stellte sie auf die Matte neben der Tür. Es tat weh, als sie mit Socken in die Küche ging, weil sie ihr bis weit unter die Fersen gerutscht waren. Finchen zog die Socken hoch, aber sie waren ein bißchen feucht, und kleine Eisstücke hingen daran.

»Meine Füße sind ganz kalt«, sagte Finchen. »Und meine Hände auch.«

»Zieh die nassen Socken aus und die Hausschuhe an. Das hab ich dir doch eben schon gesagt.« Finchens Mutter hielt den Rock hoch und schüttelte ihn aus. »Und stell dich nicht direkt ans Feuer, sonst kriegst du Frostbeulen.«

Finchen zog ihre Socken aus und dann den Mantel.

»Wo sind deine Handschuhe?« fragte Finchens Mutter.

Finchen faßte in ihre Manteltaschen, aber da war nichts.

»Wenn du diese Handschuhe auch verloren hast, kriegst du keine mehr«, sagte Finchens Mutter. »Sieh zu, daß du sie findest, und dann nähe ich sie dir in die Mantelärmel, so wie bei Lena.«
»Aber Mama!« sagte Finchen. »Wenn man die Handschuhe in den Ärmeln hat, kann man keine Schneebälle machen, weil man die Handschuhe dann nicht zum Trocknen auf die Heizung legen kann.«
Da fiel es ihr plötzlich ein. »Ich hab sie gar nicht verloren! Ich hab sie nur auf der Heizung in der Schule liegenlassen!«
»Deck den Tisch«, sagte Finchens Mutter. Und mit einem Blick, der nach schlechter Laune aussah, stellte sie den Wasserkessel auf den Herd und fing an, Brot zu schneiden.
Finchen hätte gern gefragt, ob sie nach dem Abendessen einen Engel basteln dürfe, doch als sie die Falten auf der Stirn ihrer Mutter sah, sagte sie lieber nichts. Sie deckte den Tisch, und ihre Mutter briet Speck und Eier, Pommes frites und Tomaten.

Dann zog sie die Vorhänge vor das vom Kochdunst beschlagene Fenster, und sie setzten sich an den Tisch. Finchen hatte Hunger und Durst, sie aß ihren Teller leer und dazu noch zwei Butterbrote, und sie trank einen großen Becher süßen Tee. Aber ihre Mutter hatte überhaupt keinen Hunger. Sie goß sich eine Tasse Tee ein, dann legte sie die Hand über die Augen und sagte: »Weißt du, ich habe rasende Kopfschmerzen. Vielleicht brauche ich eine Brille.«

»Kriege ich dann auch eine?« fragte Finchen.

»Mit deinen Augen ist doch alles in Ordnung«, sagte Finchens Mutter.

»Julia aus meiner Klasse hat eine Brille«, sagte Finchen.

»Sie hat ein schwaches Auge«, sagte Finchens Mutter.

»Was ist ein schwaches Auge?« fragte Finchen.

»Nerv mich jetzt nicht«, sagte Finchens Mutter.

»Trink deinen Tee aus. Ich will mal kurz die Beine hochlegen, und dazu möchte ich fünf Minuten meine Ruhe haben.«

Also setzte sich Finchens Mutter auf den Stuhl neben dem Küchenherd und legte die Beine hoch. Finchen wartete.
Sie setzte sich auf den Teppich und war mucksmäuschenstill. Nach einer Weile wurden ihre Zehen warm und fingen an zu kribbeln. Finchen zog ihre kratzigen Hausschuhe aus und rieb sich die Zehen. Sie waren ganz rot, und obwohl sie sich unter Finchens warmen Händen kalt anfühlten, brannten und juckten sie. Man durfte nicht daran herumreiben, das wußte Finchen. »Trotzdem«, brummelte sie vor sich hin, »meine Hausschuhe zieh ich nicht mehr an, die kratzen so.« Hätte sie doch auch pelzgefütterte Hausschuhe mit Bommeln drauf – wie Lena. Wenn sie nur zu Weihnachten welche kriegen würde! Sie rieb ihre roten Zehen ein bißchen auf dem Teppich hin und her, und während sie darauf wartete, daß fünf Minuten vergingen, dachte sie an Weihnachten.

Schließlich schaute sie zur Uhr auf dem Kaminsims und sagte: »Mama?«
Aber ihre Mutter hatte die Augen geschlossen und die Stirn noch immer voller Falten. Finchens rote Zehen brannten und juckten. Sie rieb ein bißchen kräftiger damit über den Teppich, und dabei dachte sie an Hausschuhe mit Bommeln und an ein glänzendes neues Buch in Weihnachtsgeschenkpapier und an ein Säckchen mit neuen Glasmurmeln. Sie dachte auch an das rote und grüne Kreppapier, das immer über die Lampenschirme im Klassenzimmer gespannt wurde, und an klebrige Datteln in einer Schachtel mit Verzierungen an der Seite und Kamelen auf dem Deckel, dann dachte sie an echte Kamele und an die drei Könige, die Geschenke brachten, und an Ochs und Esel im Stall, und dann dachte sie an den zerbrochenen Engel. Wieder sah sie zur Uhr auf dem Kaminsims und sagte: »Mama?«
Aber ihre Mutter hatte die Augen geschlossen und die Stirn immer noch voller Falten. Inzwischen

waren längst mehr als fünf Minuten vergangen. Wenn Finchens Mutter jetzt aufwachte, würde sie sagen: »Mach dich zum Schlafengehen fertig.« Finchen stand leise vom Teppich auf und holte sich die Dose mit ihren Bastelsachen. Dann setzte sie sich wieder und sah nach, was in der Dose zu finden war. Kartonstücke von Cornflakes-Packungen, ein bißchen Gold- und Silberpapier von Schokoladentafeln. Ein Rest Kleber war darin und ein Spitzendeckchen aus Papier von Finchens Großmutter und in einem Röhrchen ein winziger Rest Goldflitter, den Lena ihr geschenkt hatte. Außerdem fand sie zwei weiße Bögen Schreibpapier, die ihr die Mutter für Weihnachtskarten gegeben hatte: eine für die Großmutter und eine für Tante Helene. Finchen wollte sie falten und dann Tannenzweige und Rotkehlchen darauf malen. Sie nahm das schöne weiße Schreibpapier aus der Dose und überlegte. Wenn sie es jetzt für den Engel verbrauchte, würde ihr die Mutter vielleicht kein

Papier mehr für Weihnachtskarten geben. Aber man konnte keinen Engel aus altem verschmierten Karton von Cornflakes-Packungen machen. Engel müssen strahlend weiß sein. Finchen nahm die Schere und machte sich an die Arbeit.

Aus dem weißen Papier formte sie einen großen Kegel für das Engelskleid und klebte eine weiße Rüsche darum, die sie aus dem Spitzendeckchen ausschnitt. Dann machte sie einen kleinen Kegel für den Kopf. Sie schnitt einen langen Papierstreifen mit zugespitzten Händen an beiden Seiten zurecht, legte ihn um das Engelskleid und klebte ihn auf dem Rücken fest. Dann schnitt sie winzige, schmale Papierstreifchen und ringelte sie mit der Schere zu Engelshaar. Die Flügel schnitt sie aus Karton aus, strich Goldpapier auf ihrem Knie glatt und beklebte die Flügel damit. Zum Schluß streute sie ihren kostbaren Rest Goldflitter auf den Saum vom Engelskleid, den sie vorher mit Kleber bestrichen hatte.

Für die Weihnachtskarten hatte Finchen nun kein goldenes Flitterzeug mehr, aber das machte nichts – ein Engel mußte vollkommen sein, oder es war überhaupt kein Engel.

Und er war wirklich vollkommen. Finchen kniete sich hin und sah ihn genau an. Der strahlend weiße Engel schimmerte wie frisch gefallener Schnee zu Weihnachten, und im Schein des Kaminfeuers funkelte er wie verzaubert. Finchen hielt die Luft an, dann sagte sie: »Mama?«

»Mm?« machte Finchens Mutter, und mit geschlossenen Augen sagte sie: »Mach dich fertig zum Schlafengehen.«

»Aber, Mama!« rief Finchen. »Ich hab einen Engel gebastelt, schau doch mal!«

Finchens Mutter machte die Augen einen Spalt auf und sagte: »Schön.« Sie sagte es so, wie Erwachsene reden, wenn sie gar nicht richtig hingucken und nur wollen, daß man den Mund hält. Dann machte sie ihre Augen richtig auf und rief: »Ist der aber schön!« Und das meinte sie wirklich so. Dann sagte sie: »Willst du ihn auf den Tannenbaum stecken?«

»Nein«, sagte Finchen. »Er ist für die Schule, weil nämlich Gerrit den Engel von unserer Krippe zerbrochen hat.«

Finchens Mutter richtete sich auf und sagte: »Ich suche dir eine Tüte dafür, dann kannst du ihn mitnehmen, ohne daß er schmutzig wird. Aber jetzt mach dich fertig zum Schlafengehen.«

Die ganze Nacht stand der Engel mit seinem glänzenden weißen Kleid auf der Kommode in Finchens Zimmer. Am nächsten Morgen schneite es wieder.
»Mama!« rief Finchen, als sie die Vorhänge in ihrem Zimmer aufzog. »Es schneit schon wieder!«
Langsam schwebten große Schneeflocken in den Hof, und unter dicken, weichen, weißen Decken spitzten die schwarzen Ränder der Schornsteine hervor.
So schnell sie konnte, zog Finchen ihren Rock an, die Bluse und die Jacke, dann lief sie – alle Knöpfe falsch zugeknöpft – die Treppe hinunter.
»Darf ich in den Hof?« fragte sie.

»Iß dein Frühstück«, sagte Finchens Mutter, »sonst kommst du zu spät zur Schule.«
»Aber dann darf ich?«
»Wenn noch Zeit ist«, sagte Finchens Mutter.
Finchen aß ihr Frühstück, so schnell sie konnte, dann zog sie Mantel und Gummistiefel an und ihren kratzigen Schal und ging in den Hof.
Dick und weich lag der Schnee im Hof, und die Ritzen zwischen den rauhen, dunklen Mauersteinen waren mit kleinen Tupfen aus Schnee gepolstert. Finchen steckte den Finger in den sauberen Schnee und probierte ein bißchen. Sie machte Fußspuren quer durch den Hof und ging in denselben Abdrücken wieder zurück. Dann hielt sie das Gesicht in den Himmel und blieb reglos stehen. In Kreisen wirbelten die Flocken rund und rund und rund bis weit in den Himmel hinauf – Finchen wurde ganz schwindlig. Sie machte die Augen zu und ließ sich die großen Schneeflocken auf das Gesicht fallen. Wie das kitzelte und prickelte und schmolz! Ringsum war

alles still. Finchen streckte die Zunge heraus, und eine Schneeflocke zerging darauf.
Da rief Finchens Mutter: »Finchen! Lena ist da!«
Sie gab Finchen die Plastiktüte mit dem Engel und sagte: »Es ist auch ein Brief für Frau Wohlrab darin. Sieh zu, daß du ihn nicht vergißt.«
Finchen und Lena machten sich auf den Schulweg durch den Schnee.
»Ich habe heute eine Strumpfhose an«, sagte Lena. »Die rutscht nicht in die Gummistiefel rein. Und ich hab eine neue Strickjacke, rosa mit durchsichtigen Knöpfen.«
»Ich hab einen Engel gebastelt«, sagte Finchen.
Da stürmte Robert mit ein paar Jungen an ihnen vorüber, sie lachten und kreischten und schubsten einander in den Schnee.
Lena rief: »Das sag ich, Robert, daß du Schneebälle mit Steinen geworfen hast!«
Aber die Jungen kümmerten sich nicht darum. Sie schlitterten und rutschten und bewarfen sich mit dem

weichen Schnee. Sie griffen mit vollen Händen hinein und machten sich nicht einmal die Mühe, ihn zu Schneebällen zu formen.
»Sag es nicht!« bat Finchen. »Sonst dürfen wir keine Schneeballschlachten mehr machen.«
»Mir egal«, sagte Lena. Schneeflocken saßen auf ihrer rosa Strickmütze, sie sah jetzt rosa und weiß aus.
»Und überhaupt«, sagte sie. »Ich hab auch einen Engel für die Krippe. Wenn du willst, zeige ich ihn dir. Aber erst, wenn Robert auf dem Schulhof ist. Meine Mama hat gesagt, ich soll ihn nicht rausnehmen, wenn Jungen in der Nähe sind, weil sie ihn kaputtmachen.«
Finchen und Lena blieben also an der Ecke bei Herrn Schuhmachers Schrebergarten stehen und warteten, bis alle Jungen durch das Tor waren und auf dem Schulhof herumtobten. Finchen bohrte mit dem Finger in den Schnee auf Herrn Schuhmachers Zaun und sah die verschneiten Kohlköpfe an. Lena machte ihre rosa Schultasche auf.

»Du mußt mir helfen«, sagte Lena. »Ich muß nämlich die Schachtel aufmachen und das Seidenpapier auseinanderfalten, ohne etwas zu zerreißen oder den Tesafilm kaputtzumachen. Weißt du, eigentlich soll ich es nicht aufmachen, bevor ich in der Schule bin.«
Vorsichtig hängte Finchen ihre Plastiktüte an den verschneiten Gartenzaun und half Lena, den Tesafilm zu lösen und das Päckchen aufzumachen.
Dann sah sie Lenas Engel.
»Gefällt er dir?« fragte Lena.
Finchen starrte Lenas Engel an.
In Seidenpapier gebettet lag er da, sein Kleid war aus schimmernd weißem Samt, und sein goldenes Haar war lang und wellig wie echtes Haar. Die Flügel waren aus winzigen Samtfederchen, und in der Hand hielt er eine kleine goldene Trompete. Es war der strahlendste und schönste Weihnachtsengel, den Finchen je gesehen hatte. Sie dachte an ihren armseligen Papierengel, und sie hielt die Luft an, damit sie nicht weinen mußte.

»Wie hast du ihn gemacht?« fragte Finchen, und in ihrer Brust machte es bum, bum, bum, weil sie immer die Beste im Basteln gewesen war und weil sie so etwas Schönes nicht konnte.
»Das ist ein Geheimnis«, sagte Lena. »Wenn du willst, verrate ich es dir, weil du meine beste Freundin

bist, aber du darfst mich nicht verpetzen, das mußt du mir versprechen.«
»Ich petze nie«, sagte Finchen.
»Schwörst du's?«
»Also gut. Ich schwöre.«
Lena kam mit ihrer rosa Wollmütze dicht an Finchens Ohr. Sie sah sich um, ob niemand in der Nähe war, dann flüsterte sie hinter vorgehaltener Hand: »Meine Mama hat ihn im Schreibwarenladen bei Herrn Buchner gekauft. Gestern nach der Schule ist sie mit mir hingegangen, weil ich so geweint hab. Er hat ganz viel Geld gekostet.«
Finchen wich zurück. Sie spürte, wie ihr Gesicht heiß und rot wurde. »Wir sollten keinen Engel kaufen!« rief sie. »Wir sollten einen basteln! Hat Frau Wohlrab gesagt!«
»Na und?« sagte Lena. »Es weiß ja keiner, und du darfst es nicht verraten, weil du es geschworen hast.«
»Das ist gemein!« schrie Finchen.
»Überhaupt nicht«, sagte Lena. »Weil ich nämlich

einen Schneeball abgekriegt habe, und da war wohl ein Stein drin, und meine Mama hat gesagt, sie kauft mir was Schönes, weil ich so durcheinander war.«
»Das ist supergemein!« rief Finchen. »Und du bist eine Heulsuse, und wenn du Robert verpetzt, bin ich nicht mehr deine beste Freundin!«
»Ist mir doch egal«, sagte Lena. »Ich verpetze ihn, wenn ich will. Jetzt geh ich rein und gebe Frau Wohlrab meinen Engel.« Und dann ging sie mit ihrer rosa Schultasche und ihrer rosa Strickmütze, an der Schneeflocken hingen, davon. »Mit dir gehe ich nicht mehr zur Schule!« schrie Finchen hinter ihr her. »Und in der Pause spiele ich nicht mit dir, und ich helfe dir nicht bei deinen Bildern, wenn wir Zeichenstunde haben, du brauchst gar nicht erst zu fragen! Und dein blöder Engel gefällt mir sowieso nicht!« Aber das letzte sagte Finchen mit zugekniffenen Augen, denn es war eine Lüge.
Lena ging durch das Schultor, und Finchen blieb an Herrn Schuhmachers Gartenzaun stehen und sah ihr

nach. Alle im Hof rannten und johlten und lachten, der Schnee fiel immer dichter, aber Finchen konnte sich gar nicht mehr darüber freuen.
Sie stand allein am Gartenzaun. Schneeflocken setzten sich auf ihre Haare und ihren Mantel und rieselten ihr in die Stiefel, und Finchen dachte an Lenas schimmernden Samtengel und weinte. Sie stellte sich ihren jämmerlichen Papierengel vor, sie haßte ihn, und dann weinte sie, weil es ihr leid tat, daß sie ihn haßte. Der Engel konnte nichts dafür, daß Lena so gemein war. Der Schnee zerschmolz auf ihren bloßen Händen, und Finchen steckte sie in die Tasche, weil sie eiskalt waren. Dann sah sie, wie sich die Kinder im Hof aufstellten und in die Schule gingen. Da bekam sie Angst, sie könnte zu spät kommen. Mit dem vollgeschneiten Mantelärmel wischte sie sich über die Augen und lief, so schnell sie konnte, zur Schule.
Sobald alle im Klassenzimmer waren, rief Frau Wohlrab: »Alle mal herschauen! Seht nur, was uns Lena für unsere Krippe mitgebracht hat!«

Die Mädchen machten »Ooooooh«. Und auch den Jungen gefiel der Engel, besonders wegen der kleinen goldenen Trompete. Frau Wohlrab ließ Lena nach vorne kommen, und alle mußten klatschen und danke sagen. Finchen klatschte auch.
Robert sagte: »Den hat sie bei Herrn Buchner gekauft. Wir haben zwei solche Engel für unseren Tannenbaum.« Aber zu Frau Wohlrab sagte er nichts davon.
Finchen fand es den ganzen Tag über gräßlich in der Schule. Sie mußten schwierige Rechenaufgaben lösen, und Finchen hatte alles falsch. Es gab ein ekliges Mittagessen, und danach durfte keiner mit

Schneebällen werfen, weil Lena gepetzt hatte. Statt dessen machten sie eine Schlitterbahn. Finchen fiel hin und schürfte sich das Knie auf, aber sie bekam nur Salbe darauf, nicht mal ein Pflaster. Am Nachmittag mußten sie ihr Krippenspiel proben. Finchen saß mit Anna und Christina im Schneidersitz auf dem Boden, weil sie »Kinder mit Geschenken« waren. Finchen hatte überhaupt keine Lust, sie war müde.
Als der Unterricht zu Ende war, sagte Frau Wohlrab: »Finchen, vergiß deine Handschuhe heute nicht! Sie liegen noch auf der Heizung.« Und während Finchen die Handschuhe anzog, sagte Frau Wohlrab: »Ich habe gedacht, Finchen, du würdest einen Engel für uns basteln?«

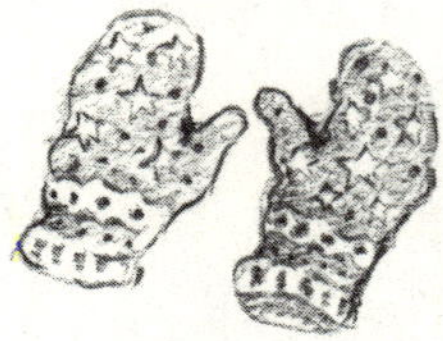

Finchen wollte sagen, daß sie ja einen gebastelt hatte, aber sie hatte plötzlich einen dicken Kloß im Hals, so daß sie gar nicht richtig reden konnte. Da fing Robert an zu drängeln, und Frau Wohlrab mußte mit ihm schimpfen.

Draußen war es ganz dunkel und kalt, und die Schlitterbahn auf dem Schulhof glänzte im Lichtschein der erhellten Fenster. Gerrit nahm Anlauf, schlitterte und setzte sich – plumps – auf den Hintern. Lena lachte ihn aus, da kam er mit geballter Faust auf sie zu und rief: »Warte nur, Robert wird dir deine Abreibung schon noch verpassen, du alte Petze!«
»Mir doch egal!« rief Lena, aber sie hatte solche Angst, daß sie nach Hause rannte, so schnell sie nur konnte. Finchen lief ihr nicht hinterher. Am Schultor wartete Anna auf Finchen und sagte:
»Wenn du nicht mehr Lenas beste Freundin bist, kannst du ja meine sein. Komm mit zu mir nach Hause, dann schenke ich dir ein Armband.«
Finchen sagte nichts. Anna hatte Hunderte von Armbändern, aber wenn sie eins verschenkte, wollte sie es später jedesmal zurückhaben. Man durfte es nie behalten. Finchen machte sich langsam auf den Heimweg, und beim Gehen stampfte sie fest mit den Stiefeln auf, weil ihre Füße so kalt waren. Als sie in

die Wohnung kam, stieg ihr gleich der köstliche Duft von Gebratenem in die Nase. Doch als sie in die Küche ging und nachsehen wollte, sagte ihre Mutter:
»Hast du Frau Wohlrab den Brief gegeben?«
Finchen blieb reglos in der warmen Küche stehen, und in ihrer Brust machte es bum, bum, bum, weil sie gar nichts von einem Brief wußte.
»Na?« sagte Finchens Mutter. »Du hast es doch wohl nicht vergessen?«
Finchen wühlte in ihrer Manteltasche herum, aber da war kein Brief. Was für ein Brief? Sie konnte sich kein bißchen an einen Brief erinnern.
»Du hast es vergessen, nicht wahr?« sagte Finchens Mutter.
»Ich weiß nicht«, sagte Finchen. Sie machte ihre Augen einen kleinen Spalt zu, weil sie nicht wußte, ob sie es vergessen hatte oder nicht.
»Er war in der Tüte mit deinem Engel«, sagte Finchens Mutter.
Finchen kriegte einen riesigen Schreck. Sie konnte

sich nicht an den Brief erinnern, aber an den Engel erinnerte sie sich. Wo war die Tüte mit dem Engel?
»Na?« sagte Finchens Mutter. »Hat es dir die Sprache verschlagen?«
»Ich hab meinen Engel verloren«, sagte Finchen und gab sich Mühe, nicht zu weinen.
»Du würdest noch deinen Kopf verlieren, wenn er nicht angewachsen wäre«, sagte Finchens Mutter.
»Na, macht nichts, ich geh morgen selbst mal zu Frau Wohlrab. Ich muß sie sowieso wegen deines Kostüms fragen.«
»Ich hab gar kein Kostüm«, sagte Finchen. »Als ›Kind mit Geschenken‹ hat man kein Kostüm.«
»Nein«, sagte Finchens Mutter. »Aber wenn man einen Engel spielt. Mit Heiligenschein und Rauschgoldflügeln und allem Drum und Dran. Jetzt deck den Tisch.«
»Spiele ich denn einen Engel?« sagte Finchen.
»Einen Engel wie Lena, der die frohe Botschaft verkündet?«

»Genau«, sagte Finchens Mutter. »Und weißt du auch, was das heißt? Eine frohe Botschaft verkünden?«

»Es heißt soviel wie gute Nachrichten«, sagte Finchen. »Hat Frau Wohlrab gesagt.«

»Siehst du, und für dich heißt die gute Nachricht«, sagte Finchens Mutter, »daß du erst nach Weihnachten ins Krankenhaus mußt. Das stand in dem Brief für Frau Wohlrab, und wenn du ihn nicht verloren hättest, hättest du heute in der Schule die frohe Botschaft verkünden können, anstatt Geschenke zu tragen. Willst du noch ein Würstchen?«

Während sie aßen, erzählte Finchen ihrer Mutter von Lenas Engel.

»Weißt du, sie hat ihn mir auf dem Schulweg gezeigt«, sagte sie. »Bei Herrn Schuhmachers Garten sind wir stehengeblieben, und da …«

»Und da?« fragte Finchens Mutter.

»Und da hab ich die Tüte mit meinem Engel am

Zaun hängen lassen! Und es hat geschneit! Und jetzt ist es kalt und dunkel, und mein Engel ist ganz allein da draußen, und wenn der Schnee in die Tüte kommt, wird er naß!«
»Du bist mir ja eine!« sagte Finchens Mutter. Aber nach dem Abendessen zogen sie ihre Mäntel an, und Finchens Mutter wartete an der Ecke, während Finchen, so schnell es mit ihren Gummistiefeln ging, im Dunkeln über den knirschenden Schnee bis zu Herrn Schuhmachers Garten rannte. Mit der Tüte in der Hand rannte sie den ganzen Weg wieder zurück.
»Es war Schnee drauf!« rief sie. »Aber innen nicht!«
Finchen nahm den Engel mit in ihr Zimmer, als sie schlafen ging. Sie stellte ihn wieder auf ihre Kommode, wo sie ihn im Dunkeln schimmern sehen konnte. Und dann sang sie für ihn, ganz leise, ein Weihnachtslied, in dem Engel vorkamen. Danach flüsterte sie: »Du darfst hier bei mir bleiben. Mußt nicht in die Schule, wo du nachts allein bist. Und wenn wir unsern Tannenbaum schmücken, darfst du

obendrauf, und beim Krippenspiel habe ich so ein Kleid an wie du. Meine Mama näht es gerade. Wenn du genau hinhörst, kannst du die Nähmaschine hören.« Sie lauschten der Nähmaschine unten, dann flüsterte Finchen: »Du bist sowieso viel besser als Lenas Engel, weil ich dich selbst gemacht habe, wir sind also Freunde.«
Nachdem Finchen noch ein Weihnachtslied gesungen hatte, schlief sie ein.
Draußen, wo es dunkel und kalt war, fror der Schnee auf Finchens Fensterbrett, und drinnen, warm und geborgen, stand der freundliche Engel auf der Kommode neben Finchens Bett und wartete mit ihr auf Weihnachten.

Finchen und das Kostümfest

Ich hab eine Überraschung für dich«, sagte Finchens Mutter.

»Was ist es?« rief Finchen. »Was ist es?«

»Schrei nicht so«, sagte Finchens Mutter. »Und zieh deine Gummistiefel aus, wenn du aus der Schule kommst. Wie oft muß ich dir das noch sagen?«

Finchen zog ihre Gummistiefel aus, fuhr mit den kalten Füßen in ihre alten, kratzigen Hausschuhe und wusch sich Gesicht und Hände.

»Sagst du es mir jetzt?«

»Deck erst mal den Tisch«, sagte Finchens Mutter. Dann lachte sie und sagte: »Gleich, wenn wir am Tisch sitzen, erzähle ich es dir.«

Als sie am Tisch saßen, sagte Finchen: »Hast du mein Engelskleid für das Krippenspiel fertig? Ist das die Überraschung?«

»Nein, noch nicht«, sagte Finchens Mutter. »Vor Sonntag komme ich nicht dazu. Ich muß ein Kleid für Frau Bock nähen. Die Überraschung ist: Du darfst auf ein Kostümfest gehen!«

»Und als was gehe ich?« fragte Finchen.
»Ich weiß noch nicht«, sagte Finchens Mutter. »Wir müssen mal sehen, was wir da haben.«
»Geht Lena auch?« fragte Finchen.
»Ja«, sagte Finchens Mutter. »Lenas Vater nimmt

euch mit. Das Kostümfest wird von dem Betrieb veranstaltet, in dem er arbeitet.«
»Und als was geht Lena?« fragte Finchen.
»Das weiß ich nicht«, sagte Finchens Mutter. »Frag sie doch.«
Am nächsten Tag, als Finchen und Lena durch den Schnee zur Schule gingen, fragte Finchen.
»Es ist ein Geheimnis«, sagte Lena. »Aber wenn du willst, sag ich es dir, weil du meine beste Freundin bist.« Und sie blieb stehen und flüsterte Finchen ins Ohr: »Ich gehe als Hirtenmädchen, und ich hab einen Reifrock an, einen Hirtenstab in der Hand und ein wolliges Lämmchen im Arm.«
»Ein echtes Lämmchen?« fragte Finchen.
»Nein«, sagte Lena. »Ein Spielzeuglämmchen. Aber es ist aus echtem Schaffell, hat meine Mama gesagt.«
Während des Unterrichts mußte Finchen immerzu an den Reifrock denken und den Hirtenstab und an das Spielzeuglämmchen aus echtem Schaffell. Als es zur Pause klingelte, hatte sie ihre Rechenaufgaben noch

nicht fertig, und am Nachmittag, als sie Zeichnen hatten, wollte sie eine feine Dame mit Reifrock malen, aber es wurde ganz scheußlich. Noch dazu hatte Lena ihre schöne neue Strickjacke an, die rosafarbene mit den durchsichtigen Knöpfen.
Finchen hatte zu nichts mehr richtig Lust, denn ihre Jacke war graubraun und kratzig, und sie hatte nur braune Knöpfe.
Als sie von der Schule nach Hause gingen, war es dunkel und neblig, der schöne Schnee war zu grauem Matsch geschmolzen. Vor der Haustür trampelte Finchen den Matsch von ihren Stiefeln und ging hinein. Im Wohnzimmer brannte Feuer im Kamin, und Finchens Mutter saß an der Nähmaschine. Sie nähte etwas Dunkelblaues aus glänzender Seide mit Tüll und Glitzerborte.
»Ist das für mich?« rief Finchen. »Für das Kostümfest?« Lena konnte ruhig ein wolliges Lämmchen haben, wenn sie, Finchen, ein blaues Tüllkleid mit Glitzerborte bekam.

»Nein«, sagte Finchens Mutter. »Das ist für Frau Bock.«
Finchen starrte den blauen Seidenstoff an, den Tüll und die Glitzerborte. Sie versuchte sich Frau Bock darin vorzustellen, Frau Bock aus dem Laden gegenüber, aber sie schaffte es nicht.
»Du willst mich ja veräppeln«, sagte Finchen. »Ist es denn nun mein Kostüm? Für das Kostümfest?«
Aber Finchens Mutter sagte nur: »Ich habe noch keine Minute Zeit gehabt, über dein Kostüm nachzudenken, aber mach dir keine Sorgen, wir finden schon was.«
»Wenn ich doch ein blaues Tüllkleid hätte!« sagte Finchen.
»Deck den Tisch«, sagte Finchens Mutter. »Der Tee ist gleich fertig.«
»Aber das Kostümfest ist doch schon morgen!« rief Finchen. Tränen stiegen ihr in die Augen, und sie dachte an Lena mit ihrem Reifrock.
»Wasch dir die Hände«, sagte Finchens Mutter.

»Aber wozu braucht Frau Bock denn ein blaues Tüllkleid mit Glitzerborte?« fragte Finchen beim Essen. »Sie hat doch immer eine Kittelschürze an.«
»Weil sie zum Tanzen gehen will«, sagte Finchens Mutter. »Zu Weihnachten.«
»Wenn ein bißchen Tüll übrig ist«, sagte Finchen, »kann ich ihn dann für mein Kostüm haben?«
»Mal sehen.«
»Aber es ist morgen!« rief Finchen.
»Hör auf zu quengeln«, sagte Finchens Mutter. »Und räum den Tisch ab. Wenn ich heute abend mit dem Ballkleid für Frau Bock fertig werde, kümmere ich mich um dein Kostüm.«
Finchen blieb so lange wie möglich auf, um zu sehen, ob ihre Mutter mit dem Ballkleid fertig wurde. Aber sie wurde und wurde nicht fertig. Schließlich lag Finchen im Bett, die Augen weit aufgerissen, und versuchte, wach zu bleiben, bis die Nähmaschine verstummte. Aber irgendwann schlief sie ein.
Dann war der Samstag da.

»Finchen! Komm frühstücken!« rief Finchens Mutter. Als Finchen herunterkam, sah sie Frau Bocks Ballkleid auf einem Bügel an der Tür hängen.
»Ist es fertig?« fragte Finchen.
»Fast«, sagte Finchens Mutter. »Ich muß nur noch den Saum nähen, wenn sie es anprobiert hat.«
»Und ist ein bißchen Tüll für mich übrig?« fragte Finchen.
»Nur ein winziger Rest«, sagte Finchens Mutter.
»Reicht es für ein Kostüm?« fragte Finchen.
»Es ist nur ein Streifchen«, sagte Finchens Mutter. »Jetzt hör auf mit deinem Kostüm, wir finden schon was. Ich hab da noch einen alten Pullover von mir, fällt mir eben ein, der könnte genau das richtige sein. Wenn du mit dem Frühstück fertig bist, zieh dir den Mantel an, dann gehen wir einkaufen.«
Sie zogen ihre Mäntel an und ihre kratzigen Schals und gingen hinaus. Auf den Straßen war viel los, wie immer am Samstagmorgen. Der Schnee war verschwunden. Die Gehwege waren voll

schmutzigbrauner Fußspuren, die Straßen voll schmutzigbraunem Matsch, und über den schwarzen Schornsteinen hing schmutzigbraun der Nebel. In allen Geschäften waren die Lichter an. Finchen hätte am liebsten geweint. Sie wollte nicht einkaufen, und sie wollte nicht in einem schäbigen alten Pullover zum Kostümfest gehen!

Sie stellten sich beim Schlachter an. Die Leute beim Schlachter redeten und redeten, und es roch nach feuchten Mänteln und Fett. Dann stellten sie sich im Gemüseladen an. Die Leute im Gemüseladen redeten und redeten, und es roch nach Sellerie und roter Bete. Dann stellten sie sich bei Frau Bock an. Die Leute in Frau Bocks Laden redeten und redeten, und es roch nach Kuchen und Seife. Schließlich ließen Finchen und ihre Mutter die Tüten und Taschen bei Frau Bock an der Ladentür stehen und gingen die Straße bis zum Schreibwarenladen weiter.

Finchen ging gern zum Schreibwarenladen. Sie mochte Herrn Buchner hinter seinem Tresen, weil er nicht soviel redete, und sie mochte den Geruch der Zeitungen und glänzenden Zeitschriften. Außerdem roch es aufregend nach neuen Malbüchern und Pfeifentabak und Buntstiften und Weihnachtsschmuck.

Als Finchens Mutter ihre Zeitschriften bezahlt hatte, sagte sie: »Dann hätte ich noch gern zwei Bögen buntes Seidenpapier.«

Herr Buchner öffnete eine große Schublade und nahm einen Stoß Seidenpapier heraus, schön geordnet nach den Farben des Regenbogens.

»Welche Farben möchten Sie denn?« fragte er. Aber Finchens Mutter nannte keine Farbe.

»Such du die Farben aus«, sagte sie zu Finchen. »Das Seidenpapier ist für dich.«

Finchen hielt die Luft an, sie konnte und konnte sich nicht entscheiden. Es gab allein vier verschiedene Rosa- und vier verschiedene Blautöne und dann all die Rot-, Gelb- und Grüntöne, Orange und Schwarz.

»Nimm zwei verschiedene«, sagte Finchens Mutter.

Nach einer ganzen Weile suchte Finchen einen Bogen in Dunkelblau aus, wie das Ballkleid von Frau Bock, und einen in Rosa, wie die neue Strickjacke von Lena. Herr Buchner legte sie, ohne sie zu knicken, zusammen, und steckte sie in eine Papiertüte.

»Ist das für mein Kostüm?« fragte Finchen, als sie durch die Tür mit der bimmelnden Ladenglocke wieder ins Freie traten.

»Für einen Teil davon«, sagte Finchens Mutter. »Du wirst schon sehen.«

Finchen wurde ganz aufgeregt. Sie patschte mit ihren Gummistiefeln durch den braunen Matsch und sah sich alle Schaufenster mit Lichtern und Watteschnee an.

Als sie wieder zu Hause waren, räumten sie, so schnell es ging, die Einkäufe weg. Dann schälten sie Kartoffeln, brieten Fleisch an, rollten Pastetenteig aus, schoben die Pastete in den Backofen und machten sich schließlich auf dem Tisch etwas Platz.

»Also dann«, sagte Finchens Mutter und nahm das Seidenpapier aus der Tüte.
»Was wird das?« fragte Finchen.
»Du wirst schon sehen, paß auf«, sagte Finchens Mutter. »Such mir mal einen Gummiring aus der Schublade.«
Finchens Mutter breitete das Seidenpapier aus, erst das blaue, dann darüber das rosa. Dann fing sie an, es in Fältchen zu legen, einmal nach oben, einmal nach unten, nach oben, nach unten – bis es nur noch ein einziger schmaler Streifen war. Sie drehte den langen Streifen in der Mitte, faltete die beiden Hälften zusammen und sagte: »Paß auf!« Dann band sie den Gummiring um den Mittelkniff und gab ihn Finchen in die Hand. »Paß auf, wie es sich jetzt öffnet!« sagte sie und fing dabei an, die Fältchen zu öffnen. Sie raschelten, weiteten und spreizten sich und wurden immer mehr und immer größer.
»Eine Blume!« rief Finchen. »Eine Blume so groß wie ich!«

Sie hüpfte auf und ab wie ein Gummiball, dann blieb sie plötzlich stehen und fragte: »Warum habe ich eine Blume?«
»Wart nur ab«, sagte Finchens Mutter. »Hol jetzt deine Stiefel, mach sie sauber und putz sie, bis sie schön glänzen.«
Dann bekam Finchen eine schwarze Strumpfhose von ihrer Mutter geliehen. »Die ist dir bestimmt zu lang«, sagte Finchens Mutter. »Aber du kannst sie unter den Zehen zusammenfalten.«
Finchen zog die Strumpfhose an und faltete sie unter den Zehen zusammen. Dann stieg sie in ihre Gummistiefel.
Finchens Mutter kramte ihren alten Pullover aus einer Schublade. Er hatte gelbe und braune Streifen, ein kleines Loch im Ärmel und eine Kordel zum Zuziehen durch den Saum. Der alte Pullover gefiel Finchen überhaupt nicht, aber die Blume gefiel ihr, deshalb sagte sie nichts. Dann holte Finchens Mutter eine schwarze Wollmütze und Nadel und Faden und

den dunkelblauen Tüllrest und die Decke aus Finchens Puppenwagen.
»Was bin ich?« fragte Finchen.
»Wirst du gleich sehen«, sagte Finchens Mutter. »Zieh jetzt deinen Rock und die Jacke aus, und mach die Augen zu.«
Finchen zog ihren Rock und die Jacke aus und machte die Augen zu. Sie spürte den alten Pullover auf ihren Schultern und die Puppenwagendecke um ihren Bauch. Dann spürte sie, wie der Pullover über die Puppenwagendecke rutschte und wie die Schnur im Bund zugebunden wurde. Dann spürte sie plötzlich nichts mehr.
»Was machst du jetzt?« fragte sie.
»Das Garn einfädeln«, sagte Finchens Mutter. »Halt still und laß die Augen zu.« Finchen stand ganz still, während ihre Mutter etwas an ihrem Rücken nähte. Dann stülpte sie Finchen die Mütze auf den Kopf und sagte: »Komm mit ins Wohnzimmer, und sieh dich an!«

Sie gingen ins Wohnzimmer, wo der große Spiegel hing, in dem sich die Kundinnen bei der Kleideranprobe betrachten konnten.
»Augen auf!« sagte Finchens Mutter.
Finchen machte die Augen auf, da sah sie einen dicken, braun-gelb gestreiften Bauch und einen kleinen schwarzen Kopf und dünne schwarze Beine und – als sie sich umdrehte – blaue Flügel aus Tüll.

»Ich bin eine Biene!« rief Finchen. »Eine Biene! Eine dicke Biene!«
»Und deshalb brauchst du eine Blume«, sagte Finchens Mutter. »Und du brauchst auch einen Stachel. Nach dem Essen machen wir einen.«
Finchen aß zwei Teller mit Pastete, und dazwischen summte sie ab und zu: »Ssssss!«
Nach dem Essen machten sie einen Stachel aus Pappe, malten ihn schwarz an und klebten ihn wie einen Schwanz an Finchens Hinterteil.
»Jetzt zieh deinen Mantel an«, sagte Finchens Mutter. »Du mußt los.«
Finchen zog ihren Mantel an und den kratzigen Schal, dann nahm sie ihre Blume in die Hand und ging zu Lena.
Lenas Vater kam an die Tür, und er sagte: »Komm lieber einen Moment rein. Unsere Lena weint.«
Finchen ging hinein. Lena stand mitten im Zimmer – in ihrem Reifrock, mit ihrem Hirtenstab und ihrem Lämmchen – und heulte. Ihr Gesicht war rot, ihre

Wangen naß, und sie stampfte mit den Füßen auf den Boden.
»Sie will unbedingt in ihren Ballettschuhen gehen«, sagte Lenas Mutter. Auf dem Boden standen schwarze Ballettschuhe mit Schleifen, die zu Lenas Kostüm gehörten, und daneben ihre roten Gummistiefel.
»Es ist naß draußen«, sagte Lenas Mutter. »Und schmutzig.«
»Nun beeil dich aber«, sagte Lenas Vater. »Es wird Zeit!«
Finchen wartete mit ihrer Blume in der Hand.
Lena schluchzte laut.
Als sie schließlich losgingen, hatte Lena ihre Ballettschuhe an, und ihr Vater mußte sie und die Gummistiefel den ganzen Weg tragen. Lena lächelte ein bißchen und sah auf Finchen herab.
Sie mußten lange laufen. Beim Gehen hielt Finchen ihre Blume hoch, um sie Lena zu zeigen. Lena sah sie an und sagte: »Du mußt mit Gummistiefeln gehen, weil du keinen Vater hast, der dich trägt.«

Finchen sah auf Lenas baumelnde Füße mit den neuen weißen Söckchen und den neuen schwarzen Ballettschuhen mit Schleifen, und sie hätte auch gern einen Vater und Ballettschuhe gehabt.
»Wenn wir hineingehen«, sagte Lenas Vater, »bleibt an meiner Hand, sonst verliere ich euch.«
Sie gingen eine große Steintreppe hoch und stellten sich in einer Schlange mit Hunderten von Leuten an.
Lenas Vater setzte Lena ab.
Lena musterte Finchen. Dann sagte sie: »Man muß ein Kostüm anhaben, weil es ein Kostümfest ist.«
»Ich hab ein Kostüm an«, sagte Finchen.
»Gar nicht wahr«, sagte Lena. »Du hast ja nur deinen Mantel an und deine Stiefel und eine doofe schwarze Mütze. Das ist kein Kostüm.«
»Gebt mir eure Mäntel«, sagte Lenas Vater.
Sie gaben ihm ihre Mäntel, und sofort fing Biene Finchen an zu summen.
»Ssssss! Ssssss!« machte sie, drehte sich im Kreis und zielte mit ihrem Stachel auf Lenas Bein.

»Au! Eine Biene!« rief Lena. »Eine Biene, und sie sticht mich!« Lena lief davon, Finchen hinterher, und beide kicherten.
Dann führte Lenas Vater sie in den größten Raum, den Finchen je gesehen hatte. Er war so hoch, daß man richtig den Kopf in den Nacken legen mußte, um den Weihnachtsschmuck an der Decke zu sehen. Und er war so groß, daß viele hundert Kinder in Kostümen darin herumrennen und über den glänzenden Fußboden rutschen konnten, und trotzdem war noch Platz für ein paar hundert Kinder mehr. An der anderen Seite vom Saal war eine Bühne mit einem riesengroßen, lamettabehängten Tannenbaum. Auf der Bühne stand ein Mann, der etwas rief und dabei in die Hände klatschte.
Finchen und Lena stürmten über die weite, glänzende Fläche zur Mitte des Saals und rutschten und tobten mit den anderen Kindern über den glatten Fußboden. Überall schwebten Luftballons, und Lena und Finchen tippten dagegen und stießen sie mit den

Füßen an, sie fingen sie auf und ließen sie zerplatzen. Sie sahen eine Gestalt im Schlafanzug und mit Kerze in der Hand, das war Gerrit. Als Finchen ihn stach, mußte er weglaufen. Dann sahen sie Batman, das war Robert. Finchen stach ihn, und er tat, als liefe er davon. Dann sahen sie einen Indianerhäuptling, und das war Jakob. Finchen machte »Sssss!« Aber sie stach ihn nicht. Er lachte und schenkte ihr einen rosa Luftballon.

Der Mann auf der Bühne klatschte in die Hände und rief etwas, da drängelten alle Kinder schreiend und schubsend in einen anderen großen Saal, in dem lange Tische standen. Girlanden aus Kreppapier waren darauf und Pappteller mit Tannenzweigen, und neben jedem Gedeck lag ein Knallbonbon. Die Kinder setzten sich auf die Bänke vor den Tischen und aßen Pudding und Plätzchen mit rosa und weißen Verzierungen und hartes Früchtebrot mit Zuckerkügelchen auf dem Guß, von denen man Zahnschmerzen bekam. Gerrit bekleckerte seinen Schlafanzug mit rosa Pudding.

Als alle Kinder zum Platzen voll waren, zogen sie an ihren Knallbonbons und

drängelten sich dann schreiend und schubsend wieder in den anderen Saal. Bunte Lichter brannten auf dem Tannenbaum, der Mann auf der Bühne klatschte in die Hände, und alle sollten sich auf den Boden setzen. Eine Frau spielte Klavier, und sie sangen *Morgen kommt der Weihnachtsmann*, *Leise rieselt der Schnee* und *Jingle Bells*. Der Mann auf der Bühne drehte sich immer wieder um, und schließlich winkte er jemandem zu. Dann sah er auf die vielen Kinder im Saal herab, klatschte in die Hände und rief:
»Soll der Weihnachtsmann kommen?«
Und die Kinder schrien alle: »Ja!«
Der Mann rief: »Soll er jetzt gleich kommen?«
Und die Kinder schrien wieder: »Ja!«
»Also gut!« sagte der Mann auf der Bühne. »Dann müßt ihr jetzt, so laut ihr könnt, *Jingle Bells* singen.«
Also sangen alle *Jingle Bells*, und der Mann auf der Bühne schrie: »Lauter! Lauter! Er kann euch nicht hören!«
Da sangen sie *Jingle Bells* donnernd und dröhnend,

und Finchen sang so laut, daß ihr Hals und Ohren weh taten. Dann kam der Weihnachtsmann. Mit seinem roten Mantel und der Kapuze und mit seinem langen weißen Bart kam er auf die Bühne, und er schleifte einen riesengroßen Sack voller Geschenke hinter sich her.

»Hurra!« schrien die Kinder. »Hurra!« Alle standen vom Boden auf und drängten nach vorne. Auch Finchen hatte sich aufgerappelt, aber dann stand jemand auf ihrem Fuß, und jemand anders stieß sie wieder zu Boden. Dabei trat er auf ihre Blume. Vorsichtig stand Finchen wieder auf und rieb mit ihrem gestreiften Ärmel den Schmutz von der Blume. Dann blieb sie stehen und wartete. Sie wollte sich lieber nicht nach vorn drängeln, sonst würde ihre Blume noch in Fetzen zerrissen. Finchen wartete eine ganze Weile. Manchmal konnte sie über den Köpfen der Kinder so eben den Kapuzenzipfel vom Weihnachtsmann sehen. Aber wenn sich große Kinder vor sie schoben, konnte sie überhaupt nichts sehen. Immer mehr Kinder kamen jetzt schon wieder zurück und rissen dabei das Geschenkpapier von ihren Päckchen. Die Geschenke für die Jungen waren in blaues Seidenpapier gewickelt, die für die Mädchen in rosa. Bald lag überall auf dem Boden zerfetztes Seidenpapier herum, und Finchen war

immer noch ganz hinten in der Schlange. Allmählich machte sie sich Sorgen. Vielleicht gab es gar nicht genügend Geschenke für so viele Kinder? Ein Junge im Cowboyanzug sagte: »Es ist sowieso nicht der richtige Weihnachtsmann. Wetten, daß sich einfach nur irgendein Vater verkleidet hat?« Das dicke kleine Mädchen an seiner Hand fing an zu weinen.

»Hör auf zu plärren!« sagte der Cowboy.

Das dicke kleine Mädchen hatte ein Feenkleid an, eine Brille im Gesicht und einen Zauberstab in der Hand. Sie hörte nicht auf zu weinen. »Ich will mein Geschenk!« brüllte sie los. »Für mich bleibt kein Geschenk mehr übrig!«

»Sei nicht so dumm!« sagte der Cowboy. »Er hat alle Namen auf einer Liste stehen, hat mein Vater gesagt.«

In Finchens Brust machte es bum, bum, bum. Ob der Weihnachtsmann ihren Namen auch auf seiner Liste hatte? Wer sollte ihm den gesagt haben? Hatte Lenas Vater ihm erzählt, daß Finchen mitkam? Und wenn er es vergessen hatte? Lena könnte ihm ja Bescheid sagen, wenn sie ihr Geschenk abholen ging, aber Finchen konnte Lena nirgendwo entdecken. Auch den Cowboy und die Fee sah sie nicht mehr. Alle Kinder ringsum machten ihre rosa und blauen Päckchen auf. Außer Finchen wartete niemand mehr auf sein Geschenk. Finchen umfaßte ihre Blume behutsam und schob sich näher an die Bühne heran. Vor ihr lag eine leere weite Fläche, und sie sah den Mann, der in die Hände klatschte und etwas rief. Aber der große Sack war weg, und alle Geschenke waren weg, und der Weihnachtsmann war auch weg.
Finchen spürte einen dicken Kloß im Hals und Tränen in den Augen. So fest sie konnte, umklammerte sie ihre Blume, dann kniff sie die

Augen zu, daß keine Tränen herauskonnten. Sie wollte keine Heulsuse sein.
Da faßte sie jemand an der Hand, und Finchen machte die Augen auf. Es wurde wieder Klavier gespielt, und alle Kinder gingen jetzt paarweise um den Saal herum. Die Frau, die Finchen an die Hand genommen hatte, sagte: »Komm, Kleine! Willst du nicht auch mitmachen?«
Sie führte Finchen zu einer großen, breiten Kiste, aus der unten Beine herausragten, aber oben kein Kopf.

Seitlich aus der Kiste kam ein Arm heraus, und eine klebrige, warme Hand griff nach Finchens Hand. Mit der gräßlichen Kiste wollte Finchen gar nicht gern gehen, deshalb hielt sie die fremde Hand nicht fest. Sie wich aber auch nicht zurück, sondern gab sich Mühe, im Takt der Musik zu gehen. Sie schwitzte, sie war müde, und sie hatte ein bißchen Angst.

Einmal, während sie so im Kreis gingen, sah sie in der Ferne Lena, ganz am anderen Ende des Saals. Sie hatte zwei andere Hirtenmädchen an die Hand gefaßt, die auch Reifröcke und Lämmer hatten.

Immer rundum ging es. Rund und rund und rund. Die Erwachsenen saßen auf Stühlen um die Tanzfläche herum, sie lachten, redeten und zeigten auf die Kinder. Finchen konnte Lenas Vater nicht entdecken. Der Mann auf der Bühne rief immer wieder etwas, und die Kinder gingen immer weiter im Kreis herum. Rund und rund und rund.

»Dritter Preis!« schrie der Mann. Die Musik verstummte, alle blieben einen Augenblick stehen, und die Erwachsenen klatschten. Dann fing die Musik wieder an, und die Kinder gingen weiter. Rund und rund und rund. Rund und rund und rund. Finchen bekam heiße Füße in ihren Gummistiefeln, und jedesmal, wenn sie auf den Boden schaute, sah sie haufenweise rosa und blaues Seidenpapier herumliegen. Da spürte sie wieder den Kloß im Hals und die Tränen in den Augen, weil sie kein Geschenk vom Weihnachtsmann bekommen hatte. Und wieder mußte sie fest ihre Augen zukneifen. »Zweiter Preis!« schrie der Mann auf der Bühne. Die Musik verstummte, alle blieben stehen, während die Erwachsenen klatschten. Die Frau, die Finchen zu der scheußlichen Kiste gebracht hatte, kam an und führte die Kiste unter Applaus davon. Finchen war ganz froh, als sie von der warmen, klebrigen Hand befreit wurde. Sie wischte sich die Hand an ihrem Pullover ab. Dann fing die Musik wieder an, und alle setzten sich in Bewegung. Aber Finchen war jetzt allein. Sie ging ein paar Schritte, dann blieb sie stehen und überlegte, was sie machen sollte. Niemand sonst ging ganz allein, und als sie vorhin stehengeblieben war, um sich die Hand abzuwischen, hatte sie ihren Platz in der Reihe der Kinder verloren.

Als zwei Mädchen in langen Papierkleidern und mit Glitzerkronen vorbeikamen, ging Finchen einfach neben ihnen her. Aber eins der Mädchen stupste sie an und sagte: »Wir sollen zu zweit gehen!« Da blieb Finchen wieder stehen.

Es stimmte ja gar nicht, sie hatte doch Lena mit zwei anderen Mädchen gesehen. Aber vielleicht mußte man dann die gleiche Verkleidung haben? Finchen stellte sich hin und sah sich alle Kostüme genau an, aber sie konnte keine andere Biene im Kreis entdecken. Dann sah sie gegenüber auf der anderen Seite Gerrit, der ging auch allein. Finchen wollte mit ihm zusammen gehen. Sie machte ein paar Schritte in seine Richtung, aber dann bekam sie Angst und blieb wieder stehen.

Die andere Seite vom Saal schien kilometerweit von

Finchen entfernt, und dazwischen dehnte sich der weite, glänzende Boden voller Seidenpapier und Lametta und Plätzchen und einer großen Pfütze, die aussah wie aus Limonade. Da stand Finchen nun mitten in dem großen Kreis, wo alle sie anstarren konnten. Sie machte die Augen zu, damit die anderen sie nicht sahen, und flüsterte: »Ich will nach Hause.«

Aber sie konnte nicht nach Hause, weil niemand da war, der sie zurückbrachte. Lenas Vater sah sie nicht mehr, nicht einmal Lena, und allein konnte sie nicht gehen, weil sie sich den Weg nicht gemerkt hatte.

»Erster Preis!« schrie der Mann auf der Bühne, und die Musik verstummte. Finchen versuchte fieberhaft, sich an die Straße zu erinnern, auf der sie gekommen waren, aber sie konnte sich nur an Lenas Ballettschuhe erinnern und dann an die große Steintreppe.

»Die Biene!« schrie der Mann auf der Bühne, und alle klatschten.

Finchen fing an zu weinen. Sie hatte keine Ahnung, wo sie hier war. Und wenn nun ihre Mutter auch nicht wußte, wo Finchen war?
»Die Biene!« schrie der Mann auf der Bühne.
Diesmal hörte Finchen es, und jetzt heulte sie richtig los. Bestimmt würde man sie ausschimpfen, weil sie allein in den Kreis gegangen war, und sie konnte doch überhaupt nichts dafür.
Finchen schluchzte und weinte, da kam wieder die Frau von vorhin und nahm Finchen an der Hand. Finchen weinte so sehr, daß sie gar nicht sah, wohin sie ging, und gar nicht hörte, was die Leute sagten. Dann wurde sie hochgehoben, und als sie die Augen aufmachte, war sie auf der Bühne, und ringsum lachten und klatschten alle. Finchen hielt ihre Blume fest.
Der Mann auf der Bühne beugte sich zu ihr herunter und sagte: »Was ist denn mit dir los?«
»Ich will nach Hause«, sagte Finchen. »Und ich hab kein Geschenk vom Weihnachtsmann gekriegt.«

»Nein?« sagte der Mann. »Und warum nicht?«
»Weiß ich nicht«, sagte Finchen.
»Na, das geht aber nicht«, sagte der Mann auf der Bühne. »Jetzt halt erst mal deinen Preis fest!« Und dann überreichte er Finchen einen großen, geblümten Karton, in dem unter Zellophanpapier eine große Puppe lag. Dann verschwand er, und Finchen, mit der Puppe im Karton und mit ihrer Blume, wartete.
Als er zurückkam, gab er Finchen ein Päckchen in rosa Seidenpapier und sagte: »Da hast du noch mal Glück gehabt. Ich hab ihn gerade noch erwischt, als er in seinen Schlitten steigen wollte.«
Finchen mußte den Karton mit der Puppe und das Geschenk in rosa Seidenpapier und ihre Blume festhalten. Sie hörte auf zu weinen.
Dann sprang sie von der Bühne und rief: »Mama!«
Und da stand Finchens Mutter, die gekommen war, um sie abzuholen. Sie hatte ihren Regenmantel an, in der einen Hand hielt sie Finchens

Regenmantel und in der anderen einen Schirm.
»Es gießt«, sagte Finchens Mutter. »Da dachten Lenas Mutter und ich, am besten, wir holen euch mit Regenschirmen ab.«
Dann fragte sie: »War es denn schön?«
»Ja«, sagte Finchen. »Ich hab einen Preis gekriegt und ein Geschenk vom Weihnachtsmann.«
»Komm, ich binde dir den Schal um«, sagte Finchens Mutter. »Was ist denn mit deinem Gesicht? Hast du geweint?«
»Bißchen«, sagte Finchen.
»Und warum?« fragte Finchens Mutter.
»Weiß ich nicht mehr«, sagte Finchen und machte ihren Mantel zu. Sie nahm ihre Blume und den Karton mit der Puppe und ihr Geschenk, dann sah sie sich nach Lena um.
»Ich ziehe meine Gummistiefel an«, sagte Lena. »Dann kann ich mit dir gehen. Darf ich dein Kostüm zu Hause mal anziehen? Dann darfst du auch meins anziehen.«

Auf dem Nachhauseweg platschten Finchen und Lena mit ihren Gummistiefeln durch die Pfützen,

hielten sich an der Hand und sangen in voller Lautstärke *Jingle Bells*, damit der Weihnachtsmann es hörte. Und wenn Lena auch manchmal unausstehlich war, sie war trotzdem Finchens beste Freundin.

Finchen und Percy

Wenn du willst, verrate ich dir ein Geheimnis«, sagte Lena.

»Was denn?« fragte Finchen. Im Klassenzimmer war es heiß. Die Lampen waren an, und es roch nach Fisch. Finchen und Lena saßen nebeneinander an ihrem Tisch und malten Weihnachtskarten für ihre Mütter. Gerrit kritzelte auf seiner Karte herum, und Robert hatte ein furchterregendes Bild von Batman gemalt, wie er gerade über den Himmel zischte. Oben in der Ecke war ein ziemlich krummer Weihnachtsstern.

»Sehet!« rief Robert. »Ich verkünde euch eine frohe Botschaft! Hihihihi!«

»Sei still, Robert!« sagte Lena. »Und überhaupt, du mußt sagen: ›Wir sind einem hellen Stern gefolgt.‹ Das mit der frohen Botschaft sage ich doch!«

»Mir egal«, sagte Robert. Und er machte sich daran, den Himmel rund um seinen krummen Stern schwarz zu malen.

»Ist ja ganz schwarz, dein Bild«, sagte Lena. »Es sieht überhaupt nicht wie eine Weihnachtskarte aus.«

»Geht dich gar nichts an!« sagte Robert.
»Gib mal das Schwarz!« sagte Gerrit. Und dann fing er an, seinen Himmel auch schwarz zu verschmieren.
»Nachmacher!« rief Lena, und zu Finchen sagte sie: »Malst du mir auch so ein Rotkehlchen?«
»Wenn du willst«, sagte Finchen. »Aber du mußt mir das Geheimnis verraten.«
Finchen malte also für Lena ein Rotkehlchen auf einem verschneiten Ast, und Lena sah zu. Dann flüsterte sie Finchen hinter vorgehaltener Hand ins Ohr: »Es gibt gar keinen Weihnachtsmann! Das sind nur die Väter in Verkleidung.«
»Quatsch!« sagte Finchen. »Wenn es keinen

Weihnachtsmann gäbe, würden wir ja keine Geschenke kriegen!« Dann drehte sie sich zu Robert um, kniff ihn in den Arm und sagte: »Soll ich dir auch ein Rotkehlchen malen? Dann hast du Batman mit Rotkehlchen.«

Gerrit lachte, aber Robert beachtete Finchen überhaupt nicht. Er schwenkte seinen Plastik-Batman über den gemalten Batman auf seiner Weihnachtskarte und ließ beide miteinander reden.

»Ruhe jetzt!« sagte Frau Wohlrab. »Seht zu, daß ihr so schnell wie möglich mit euren Karten fertig werdet, wir müssen heute noch unsere Weihnachtsdekoration aufhängen.«

Eine Weile war es still. Alle malten, und dabei konnten sie hören, wie in der Aula geprobt und Klavier gespielt wurde. Finchen malte einen Tannenzweig, und Lena sah zu. Dann malte sie den Weihnachtsmann, und Lena sagte: »Es gibt gar keinen Weihnachtsmann, und ich weiß auch, wie das mit den Geschenken ist. Sie liegen oben auf dem

Schrank versteckt, und dann, am Weihnachtstag, verkleiden sich die Väter und bringen die Geschenke.«

»Du lügst!« sagte Finchen, und in ihrer Brust machte es bum, bum, bum. »Zu mir kommt der Weihnachtsmann jedes Jahr, und ich schreibe ihm immer einen Wunschzettel, und den liest er, und dann bringt er mir die Geschenke. So ist das nämlich!«

»Eben nicht!« sagte Lena. »Meine Geschenke sind jedenfalls oben auf dem Schrank, ich hab sie gesehen, und bei ein paar Päckchen weiß ich auch, was drin ist.«

Finchen malte den Mantel vom Weihnachtsmann rot an und sagte nichts. Lena malte ihr Rotkehlchen braun an.

»Verschmier es doch nicht so!« sagte Finchen. »Jetzt ist es gar nicht mehr schön!« Dann schrieb sie über den Kopf ihres Weihnachtsmanns *Fröliche Weihnachten* und innen in die Karte *Viele Grüße, Dein Finchen.*

»Du hast ›Fröhliche Weihnachten‹ falsch geschrieben«, sagte Lena.

»Und du kannst sowieso nicht richtig schreiben!« sagte Finchen.

»Ich kann ›Fröhliche Weihnachten‹ richtig schreiben«, sagte Lena, »weil Frau Wohlrab es nämlich da für uns aufgeschrieben hat!«

An der Wand hing ein großer Bogen hellgrünes Papier, und in einer Ecke waren mit Leuchtstift Tannenzweige gemalt. Frau Wohlrab hatte darauf geschrieben: Fröhliche Weihnachten und ein gutes neues Jahr.

Finchen versuchte, ein h in »Fröliche« zu quetschen, aber es ging nicht.

Frau Wohlrab teilte selbstklebende Papierstreifen für Girlanden aus. Dann schnitt sie Schirme aus Kreppapier zurecht, die über die Lampen gehängt werden sollten. Als sie auf die Leiter stieg und die bunten Ringe über die Lampen streifte, sah das Klassenzimmer ganz weihnachtlich aus und bunt wie

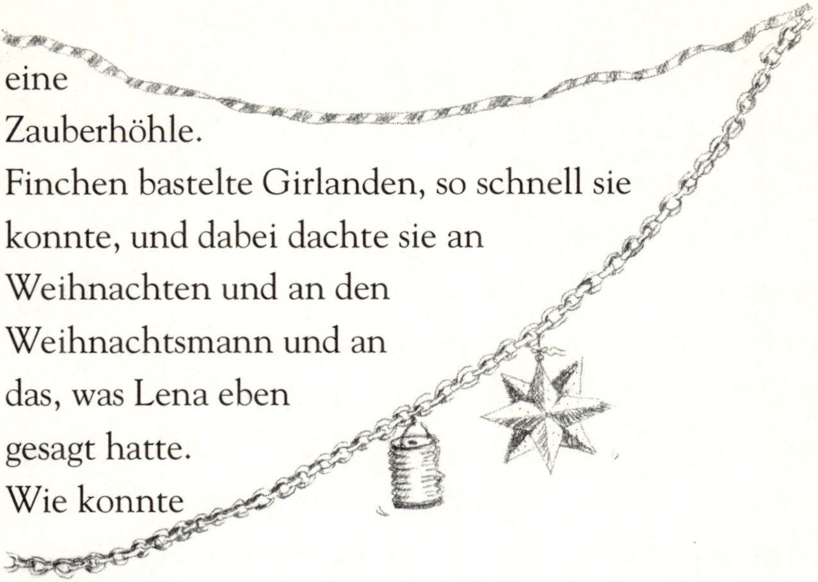

eine
Zauberhöhle.
Finchen bastelte Girlanden, so schnell sie konnte, und dabei dachte sie an Weihnachten und an den Weihnachtsmann und an das, was Lena eben gesagt hatte.
Wie konnte der Weihnachtsmann in Wirklichkeit der Vater sein? Finchen hatte zu Hause gar keinen Vater, aber Geschenke bekam sie trotzdem. Wie dumm Lena war!
»Kommt jetzt her«, sagte Frau Wohlrab auf der Leiter. »Wir wollen die Girlanden aufhängen.«
Finchens Girlande war lang, Lenas war kurz. Robert hatte mit seiner noch nicht mal angefangen, und Gerrits Girlande war ganz feucht, eingerissen und schmutzig, weil er die Klebeschicht abgeleckt hatte

und das Ganze nur noch mit Spucke zusammenhielt. Alle Kinder brachten Frau Wohlrab ihre Girlanden. Frau Wohlrab hängte sie auf.
»Gott sei Dank, das ist geschafft!« sagte Frau Wohlrab und stieg von der Leiter. In diesem Augenblick riß Gerrits feuchte Girlande auseinander, und mit ihr lösten sich alle anderen Girlanden und begruben Frau Wohlrab samt Leiter und Tischen unter sich. Frau Wohlrab sah aus, als würde sie gleich losheulen. Doch dann fing sie an zu lachen, und alle lachten mit ihr. Und da klingelte es auch schon zum Unterrichtsschluß.
»Zieht eure Mäntel an«, sagte Frau Wohlrab. »Ich hänge alles wieder auf, wenn ihr weg seid. Und vergeßt eure Weihnachtskarten nicht!«
Alle sagten: »Auf-Wie-der-se-hen-Frau-Wohl-rab!« Dann machten sie sich auf den Heimweg.
Finchen wollte nicht mit Lena nach Hause gehen. Durch den Nebel rannte sie in ihren Gummistiefeln schnell hinter Robert her, der mit ausgebreitetem

Mantel davonstürmte und dabei »Batman! Batman!« brüllte.
Als sie um die Ecke gebogen und vor ihrer Haustür angekommen war, ging sie nicht hinein. Sie rannte weiter, die ganze Straße entlang, bis sie vor dem Haus ihrer Oma stand. Finchen mußte heute zu ihrer Oma, weil ihre Mutter zu einer Kundin gegangen war, um für ein Hochzeitskleid Maß zu nehmen.
»Na, setz dich«, sagte Finchens Oma. »Aber zieh erst die Gummistiefel aus. Die sehen mir recht naß aus.«
»Die sind auch naß!« sagte Finchen.
»Du könntest Hausschuhe gebrauchen, die du immer hierläßt«, sagte Finchens Oma. »Zieh die von mir solange an. Wirst nicht damit laufen können, aber wenigstens bleiben deine Füße warm.«
Finchen zog die Hausschuhe von ihrer Oma an. Mit großen, unbeholfenen Schritten ging sie damit herum und lachte über ihre kurzen, dünnen Beine mit den riesigen Füßen.
»Oma?« sagte sie, als sie sich an den Tisch setzte.

»Ich hab mir vom Weihnachtsmann Hausschuhe gewünscht, mit Fell innen drin und Bommeln obendrauf wie die von Lena, und wenn er mir welche bringt, kann ich meine alten Hausschuhe immer hierlassen.«

»Das ist eine gute Idee«, sagte Finchens Oma. »Willst du noch Tee?«

»Ich hab noch gar nicht ausgetrunken, er ist so heiß«, sagte Finchen. »Oma?«

»Was denn, mein Kind?«

»Lena hat gesagt ...«

»Was hat Lena gesagt?« fragte Finchens Oma.

»Lena hat gesagt, es gibt gar keinen Weihnachtsmann, und es sind nur die Väter, die sich als Weihnachtsmann verkleiden, aber das stimmt doch gar nicht, oder?«

»Kann ich mir nicht vorstellen«, sagte Finchens Oma. »Nicht alle Kinder wohnen bei ihren Vätern, nicht wahr? Wie wär's mit einem Plätzchen?«

»Ja, gern. Aber Oma? Lena ist dumm, weil nämlich

auf dem Kostümfest der Weihnachtsmann da war, wir haben ihn gesehen, und er hat uns Geschenke mitgebracht.«
»Na, siehst du«, sagte Finchens Oma. »Aber sprich nicht mit vollem Mund.«
Dann packte sie Finchen ein paar Plätzchen in eine Tüte zum Mitnehmen. Sie sah durch die Spitzengardine hinaus und sagte: »Deine Mutter ist wieder da, ich sehe das Licht. Dann mal los, ich bleibe an der Tür stehen und sehe dir nach!«
»Aber Oma?« sagte Finchen, während sie ihre Socken hochzog und in die Gummistiefel stieg. »Lena sagt, ihre Geschenke sind oben auf dem Schrank. Sie sagt, sie hat sie gesehen, und sie sagt, bei manchen weiß sie schon, was drin ist.«
»Dann sind es eben keine richtigen Weihnachtsgeschenke«, sagte Finchens Oma. »Es sind bestimmt nur ein paar Sachen, die ihre Mutter für sie gekauft hat. Du weißt doch, daß sie ihr immer alles mögliche kauft.«

»Lena ist verwöhnt«, sagte Finchen. »Hat Mama gesagt.«

»Jetzt mach dir mal keine Gedanken«, sagte Finchens Oma. »Du schreibst einen schönen Brief an den Weihnachtsmann, dann kann es gar keinen Irrtum geben. Jetzt geh aber los! Ich passe auf.«

Und Finchen rannte nach Hause.

Der nächste Tag war Samstag. Finchen und ihre Mutter zogen sich warm an und gingen zum Einkaufen in die neblige Kälte hinaus.

Sie stellten sich beim Schlachter an, wo sich die Leute bis an die Tür drängten. Von der Decke hingen Mistelzweige und rote Bänder herab. Finchen und ihre Mutter warteten und warteten, und Finchen machte mit ihren Gummistiefeln Muster in den feuchten Schmutz auf dem Boden. Ihre Mutter kaufte Bratenfleisch und fette, blasse Würstchen, und sie bestellte eine Pute, »nicht zu groß«.

Sie stellten sich im Gemüseladen von Herrn Kühn an, wo viele dicke Frauen warteten und sich

unterhielten. Herr Kühn schenkte Finchen eine Mandarine, und Finchen schnupperte an der Schale, die nach Weihnachten roch. Sie kauften Kartoffeln, Zwiebeln, Kohl und Möhren, und sie bestellten Rosenkohl und Datteln in einer Schachtel mit Verzierungen an der Seite und gemalten Kamelen auf dem Deckel. Dann suchten sie im hinteren Teil des Ladens einen Tannenbaum aus, und Herr Kühn versprach, ihn nach Ladenschluß vorbeizubringen.
Als sie aus dem Geschäft kamen, sagte Finchen:
»Holen wir jetzt die Zeitung?«
»Ach, du liebe Zeit!« rief Finchens Mutter. »Daran hätte ich denken sollen, bevor wir all die schweren Sachen eingekauft haben!«
Finchen steckte ihre Mandarine in die Manteltasche und trug die Tüte mit den Kartoffeln. Vor Herrn Buchners Laden blieb Finchen stehen und sagte:
»Kann ich mir inzwischen die Spielsachen im Fenster ansehen?«
»Gut«, sagte Finchens Mutter. »Aber lauf nicht

weg!« »Nein«, sagte Finchen und drückte ihre Nase an die Scheibe. Innen am Fenster hingen Schneeflocken aus Watte, und rundherum war eine Schnur mit Weihnachtslichtern gespannt, die immer an- und ausgingen. Auf dem Boden fuhr eine elektrische Eisenbahn im Kreis herum. Sie fuhr über einen kleinen Berg und durch einen Tunnel. Im Tunnel blieb sie eine ganze Weile, doch schließlich tauchte sie wieder auf. Der Zug gefiel Finchen gut. Die Lokomotive war dunkelgrün mit schwarzen Streifen. Links im Schaufenster waren glänzende neue Bücher ausgestellt, Bilderbücher, Bücher mit Geschichten und Kalender. Im Regal auf der anderen Seite lagen flache Kartons: Chemiekästen, Kinderpost- und Puppenfrisierkästen.

Finchen sah sich alles genau an, dann betrachtete sie die Puppen, die ganz hinten im Schaufenster aufgereiht saßen. Da gab es Babypuppen mit Schnuller und Barbiepuppen mit schönen Kleidern und Brautpuppen und langhaarige Puppen mit

Kämmen. Aber mitten zwischen all diesen Puppen sah Finchen noch etwas. Da sah jemand durch das Fenster zu Finchen heraus, so wie Finchen durch das Fenster hineinsah, jemand, der genauso braune Augen hatte wie sie. Finchen hielt die Luft an, drückte ihre Nase am Fenster platt und wischte mit dem Handschuh über die angelaufene Stelle auf der Scheibe.

Es war ein Pandabär. Er saß nicht wie ein gewöhnlicher Spielzeug-Pandabär, sondern er saß aufrecht wie ein echter Panda, die dicken Tatzen vor den dicken Bauch gestreckt, und sein großer,

wuscheliger Kopf war größer als der von Finchen. Finchen starrte durch das Fenster auf den Pandabär, und der Pandabär – mit seinen schwarzen Flecken rund um die leuchtenden braunen Augen – starrte durch das Fenster auf Finchen.

»Percy!« flüsterte Finchen, denn dieser Pandabär sah genauso aus, als würde er Percy heißen.

Percy wartete und sah sie an.

»Percy«, flüsterte Finchen. »Ich frage meine Mama, ob ich dich kriege. Und wenn du ganz viel Geld kostest, dann wünsche ich mir überhaupt nichts anderes, nicht mal Hausschuhe mit Fell und Bommeln drauf oder Glasmurmeln oder ein Buch. Nicht mal Nüsse, Mandarinen und Süßigkeiten will ich haben. Herr Kühn hat mir sowieso eine Mandarine geschenkt, die kann ich ja aufheben.«

Percy wartete und hörte ihr zu.

»Ich muß unbedingt meine Mama fragen«, erklärte Finchen, »ob sie glaubt, daß ich dich vom Weihnachtsmann kriege. Ich geh jetzt rein, sonst

kauft dich noch jemand, bevor ich sie fragen kann.«
Finchen stürmte in den Laden, und die Glocke an der Tür bimmelte wild.

»Mama! Mama! Im Schaufenster ist ein Pandabär, er heißt Percy, und den wünsche ich mir zu Weihnachten! Darf ich, Mama? Und ich wünsche mir überhaupt nichts anderes, nicht mal eine Mandarine! Ja?«
»Warte mal einen Augenblick«, sagte Finchens Mutter. »Wir bezahlen erst die Rechnung.«
Finchen stand da mit ihrer Kartoffeltüte in der Hand und wartete. Sie war ganz außer Atem, weil sie so aufgeregt war und solche Angst hatte, jemand könnte in den Laden kommen und Percy kaufen, bevor sie ihrer Mutter alles erzählt hatte. Sie versuchte, von innen in das Schaufenster zu linsen, aber es ging nicht.
»Mama!« flüsterte sie, aber nur ganz leise, so daß ihre Mutter es nicht hörte, denn sie sollte nicht böse werden. Als die Zeitung bezahlt war, schaute Herr Buchner über seinen Tresen und sagte zu Finchen:

»Ich habe gehört, daß du beim Kostümfest den ersten Preis gewonnen hast.«
»Ja«, sagte Finchen. »Und der Weihnachtsmann war auch da und hat jedem ein Geschenk mitgebracht.«
Sie wartete, ob Herr Buchner sagen würde, es gebe keinen Weihnachtsmann, aber er sagte nichts. Und Herr Buchner wußte es ganz bestimmt, denn viele von den Geschenken, die der Weihnachtsmann brachte, stammten aus seinem Geschäft.
»So, jetzt gehen wir noch schnell zu Frau Bock«, sagte Finchens Mutter, »sonst ist kein Brot mehr da und kein Kuchen.«
»Aber Mama!« rief Finchen. »Du sollst doch Percy anschauen!«
»Percy?« fragte Finchens Mutter. »Wer ist Percy?«
»Percy ist ein Pandabär«, sagte Finchen und sah ihre Mutter dabei so fest wie möglich an, damit sie richtig zuhörte. »Er ist im Schaufenster.«
»Ein Pandabär?« sagte Finchens Mutter. »Was für ein Pandabär?«

Aber Herr Buchner lachte nur und sagte: »Ich nehme ihn mal raus für dich.«
»Wir müssen aber gehen!« sagte Finchens Mutter. Da stellte Finchen die Kartoffeltüte ab und hielt ihre Mutter, so fest sie konnte, an der Hand. Und da blieben sie noch.
Herr Buchner hob Percy aus dem Fenster und setzte ihn auf den Ladentisch. Finchen hielt die Luft an, und Percy sah sie aus seinen großen braunen Augen an und wartete.
»Ist der aber niedlich!« sagte Finchens Mutter und streichelte seinen großen, wuscheligen Kopf.
»Kann ich ihn mal anfassen?« flüsterte Finchen.
»Wenn deine Hände sauber sind«, sagte Finchens Mutter.
Finchen zog die Handschuhe aus und stopfte sie in die Manteltaschen. Ihre Mutter hob Finchen ein bißchen hoch, und Finchen strich ganz sachte über Percys Fell. Dann hielt sie ihr Gesicht dicht an seinen dicken Kopf und schnupperte. Er duftete nach

nagelneuem Pelz und nach Weihnachten. Finchens Mutter stellte Finchen wieder auf den Boden. »Kriege ich ihn?« fragte Finchen. »Kann ich ihn mir vom Weihnachtsmann wünschen? Ich wünsche mir

gar nichts anderes, wenn ich ihn kriege. Geht das, Mama?«
»Nun«, sagte Finchens Mutter, »wir werden sehen.«
»Aber wenn wir erst sehen«, sagte Finchen, »kann es sein, daß ihn jemand kauft und ihn mitnimmt – er will aber zu mir!«
»Ich werde aufpassen«, sagte Herr Buchner, »daß ihn niemand mitnimmt. Du schreibst dem Weihnachtsmann alles. Percy wartet.«
Und dann setzte er Percy wieder ins Schaufenster.
An diesem Abend, als Finchen ins Bett ging, erzählte sie ihrem Engel auf der Kommode von Percy. »Und der Tannenbaum ist auch schon da, und morgen darfst du obendrauf, ganz auf die Spitze.«
Am nächsten Tag schmückten Finchen und ihre Mutter den Tannenbaum und steckten den Engel auf die Spitze. Und als Finchen gebadet hatte und für den nächsten Tag fertig war, setzte sie sich im Schlafanzug unter den Tannenbaum und schrieb an den Weihnachtsmann.

Der Teppich unter dem Baum war ganz stachlig von Tannennadeln, aber Finchen mochte den Geruch gern, deshalb blieb sie trotzdem sitzen. Finchen schrieb:

Lieber Weihnachtsmann,
wie geht es Dir? Mir geht es gut. Auf dem Kostümfest konnte ich nicht zur Bühne kommen, weil ich ganz hinten war und weil ich meine Blume festhalten mußte. Danke für das Geschenk. Zu Weihnachten wünsche ich mir Percy, den Pandabären. Du brauchst mir keine Hausschuhe mit Fell innen und mit Bommeln drauf zu bringen und keine Glasmurmeln und kein Buch und keinen Strumpf mit Mandarinen. Ich wünsche mir nur Percy. Er ist im Laden bei Herrn Buchner. Hoffentlich geht es dir gut. Viele Grüße von Finchen.

»Mama?« sagte Finchen, als sie fertig war. »Kann ich den Brief einwerfen?«
»Mal sehen«, sagte Finchens Mutter. »Du weißt doch, daß du nicht allein zum Briefkasten kannst. Er ist an der Hauptstraße.«

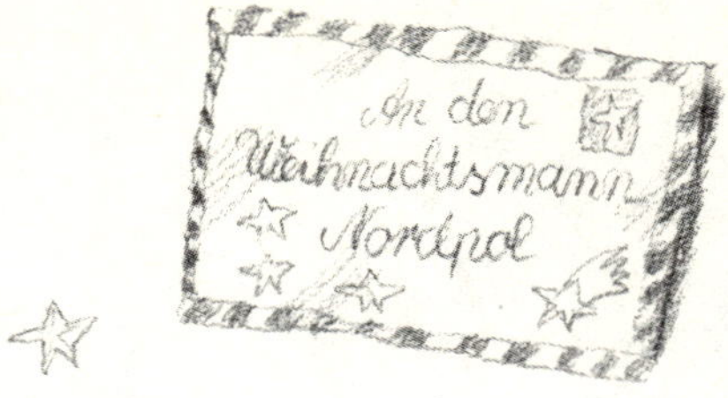

Am Montag nach der Schule ging Finchen zu ihrer Oma und erzählte ihr die Sache mit dem Brief.
»Bringst du mich hin, Oma? Bitte? Ich darf nicht allein, weil der Briefkasten an der Hauptstraße ist.«
»Gut«, sagte Finchens Oma. »Aber du brauchst bei diesem Wetter schön was Warmes auf dem Kopf.«
»Ich setze meine Kapuze auf«, sagte Finchen.
Aber Finchens Oma band ihr ein riesengroßes, kratziges Wolltuch um den Kopf und machte einen dicken Knoten unter dem Kinn. Die Kapuze mußte Finchen noch extra aufsetzen. Dann zog sich auch Finchens Oma warm an, nahm ihren Regenschirm, und sie machten sich auf den Weg zum Briefkasten.
»Muß eine Briefmarke drauf?« fragte Finchen.
»Für den Weihnachtsmann nicht«, sagte Finchens Oma.
Finchen steckte den Brief sorgfältig in den Schlitz,

dann sagte sie: »Können wir noch ein Stückchen weiter gehen und ins Schaufenster bei Herrn Buchner sehen?«

»Na gut«, sagte Finchens Oma. »Aber nur ganz kurz.«

Als sie vor dem Fenster standen, saß Percy auf seinem Platz und wartete. Finchen drückte ihre Nase an das kalte Fenster und flüsterte: »Ich hab dich mir vom

Weihnachtsmann gewünscht!« Und sie sah Percy tief in die Augen, und Percy sah Finchen tief in die Augen.

»Siehst du dir die schönen neuen Bücher an?« fragte Finchens Oma.
Dann gingen sie nach Hause.
Am Dienstag, als sie in der Schule eine Kostümprobe für ihr Krippenspiel hatten, setzte Lena sich ihren Heiligenschein auf den Kopf und sagte: »Ich kriege Fellhandschuhe zu Weihnachten und eine Krankenschwestern-Tracht und ein Ballettkleid.«
»Und ich«, sagte Finchen, »kriege Hausschuhe mit Fell innen!« Aber dann fiel ihr Percy ein, und sie sagte: »Wollte ich erst, aber jetzt will ich gar keine mehr.« Finchen spürte ihren stachligen Heiligenschein auf dem Kopf, und sie freute sich, daß sie einen Engel spielte und daß sie nur Percy zu Weihnachten bekommen würde. Am liebsten würde sie ihn nachher besuchen.
»Oma!« rief sie, als sie nach der Schule bei ihrer

Oma durch die Haustür stürmte.
»Bist du schon wieder da?« sagte Finchens Oma. »Ist deine Mutter nicht zu Hause?«
»Doch«, sagte Finchen. »Aber sie hat gesagt, ich soll dich fragen, ob du mit mir zu den Geschäften gehst mit meinem gesparten Geld, damit ich ein Weihnachtsgeschenk für sie kaufen kann. Machst du das?«
»Also gut«, sagte Finchens Oma. »Aber setz was auf den Kopf!«
Da wickelten sie sich kratzige Kopftücher um und machten sich auf den Weg.
»Was willst du ihr denn kaufen?« fragte Finchens Oma.
»Parfüm oder Nagellack«, sagte Finchen.
»Aber sie benutzt doch gar keinen Nagellack«, sagte Finchens Oma.
»Sie würde schon«, meinte Finchen, »wenn sie welchen hätte. Ich würde Nagellack benutzen, wenn ich erwachsen wäre.«

»Du kaufst ihr am besten ein hübsches kleines Fläschchen Parfüm.«

Also kauften sie ein hübsches kleines Fläschchen Parfüm, und Finchen gab all ihr gespartes Geld dem Drogisten, und ihre Großmutter legte noch ein bißchen dazu, weil es nicht reichte. Der Drogist wickelte die Schachtel mit dem Parfümfläschchen in Weihnachtspapier und machte ein rotes Band darum. Finchen stampfte inzwischen mit ihren Gummistiefeln auf den feuchten Fußboden und betrachtete die vielen Nagellackfläschchen mit spitzen Schraubverschlüssen, die in einem Regal aufgereiht waren.

Als sie wieder draußen standen, sagte Finchen: »Oma? Können wir noch ein Stückchen weiter gehen und ins Schaufenster bei Herrn Buchner schauen?«

»Na gut«, sagte Finchens Oma. »Aber nur ganz kurz.«

Als sie dort waren, saß Percy auf seinem Platz und wartete.
Finchen drückte ihre Nase an die kalte Scheibe und flüsterte: »Ich hab ein Geschenk für Mama gekauft.«
Und sie sah durch das Fenster zu Percy hinein, und Percy sah durch das Fenster zu Finchen heraus.
»Schöne Bücher haben sie hier, nicht?« sagte Finchens Oma.
Dann gingen sie nach Hause.

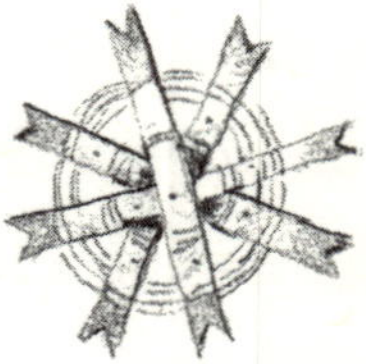

Mittwoch war der letzte Schultag vor Weihnachten.
Am Nachmittag hatten sie Zeichnen, und Finchen malte ein besonders schönes Bild mit

Tannenzweigen und Schnee und einem Engel. Es sollte das Weihnachtsgeschenk für ihre Oma werden. Nach der Pause machten sie im Klassenzimmer eine Feier. Sie aßen Wackelpeter und Bonbons und Gebäck mit weißem Zuckerguß und Silberkügelchen drauf.
Als alles aufgegessen war und als sich Gerrit

übergeben hatte, zogen alle ihre Mäntel an, um nach Hause zu gehen.

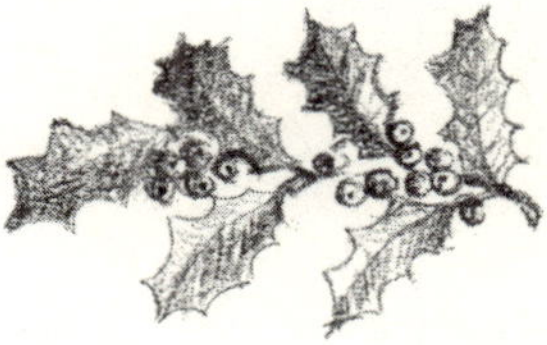

»So, Punkt sechs Uhr seid ihr wieder hier«, sagte Frau Wohlrab.

»Um Viertel nach sechs muß jeder sein Kostüm anhaben.«

Finchen fand es komisch, am Abend mit ihrer Mutter zur Schule zu gehen. Es gefiel ihr, aber sie hätte gern Zeit gehabt, um mit ihrer Oma Percy zu besuchen und ihm alles zu erzählen. Als sie auf der Bühne standen und Lena die Arme hob und sagte: »Sehet, ich verkünde euch eine frohe Botschaft«, da stand Finchen ganz still mit gefalteten Händen, und sie versuchte, wie ihr Engel zu Hause auf dem Tannenbaum auszusehen.

Und als Robert die Hand hob, mit dem Finger zeigte und sagte »Sehet, ich verkünde euch eine frohe Botschaft« statt »Wir sind einem hellen Stern gefolgt«, da merkte es gar keiner. Alle Mütter und

Väter klatschten, und dann sangen sie zusammen zwei Weihnachtslieder.

Finchen und Lena zogen ihre Mäntel über die langen Engelskleider, und so gingen sie – den Heiligenschein noch auf dem Kopf – nach Hause.
Am nächsten Tag war Heiligabend. Finchen und ihre Mutter gingen in den Nebel hinaus, um ihre Weihnachtseinkäufe zu machen. Sie gingen zum Schlachter, stellten sich für ihre Pute an und sagten »Fröhliche Weihnachten«. Sie gingen zum Gemüseladen, kauften Rosenkohl, Mandarinen, Datteln und Nüsse und sagten »Fröhliche Weihnachten«. Dann gingen sie zu Herrn Buchner und kauften Geschenkpapier, das Finchens Mutter für Omas Geschenk brauchte. Finchen blieb draußen, sie wollte Percy anschauen und ihm fröhliche Weihnachten wünschen.
Aber Percy war weg.
Der Zug war da, fuhr im Kreis herum, fuhr durch den Tunnel und wieder heraus. Die Bücher waren da und die Chemiekästen, die Kinderpost- und Puppenfrisierkästen. Aber an der hinteren Wand,

mitten zwischen all den Puppen, war jetzt eine Scheibe mit Dartpfeilen.

In Finchens Brust machte es bum, bum, bum, als ihre Mutter aus Herrn Buchners Laden kam. Dann gingen sie weiter.

Sie gingen zu Frau Bock und kauften Mehl und Zucker und Puderzucker, und Finchens Mutter sagte »Fröhliche Weihnachten«, aber Finchen sagte gar nichts, weil sie einen Kloß im Hals hatte.

Am Nachmittag kam Lena. Finchens Mutter war in der Küche und machte die Füllung für die Pute, also spielten Finchen und Lena im Wohnzimmer, wo der Tannenbaum stand.

»Eins von meinen Geschenken hab ich schon aufgemacht«, sagte Lena. »Einen Kalender. Und ich hab auch schon ein Punkt-zu-Punkt-Bild gemacht, es ist eine Giraffe geworden. Meine anderen Geschenke sind auf dem Schrank.«

Finchen sagte nichts.

Als Lena gegangen war, sagte Finchens Mutter: »Du bist ja so still. Was ist denn?«

Finchen versuchte, den Kloß in ihrem Hals hinunterzuschlucken, dann sagte sie: »Hat der Weihnachtsmann Percy aus dem Schaufenster von Herrn Buchner geholt, damit er ihn mir bringen kann?«

Finchens Mutter lachte und sagte: »Du mußt schon abwarten. Und das mußt du nun in deinem Zimmer.«

Lange saß Finchen im Dunkeln in ihrem Zimmer und grübelte. Dann stellte sie sich auf einen Stuhl. Sie streckte sich und tastete oben auf ihrem Schrank herum. Kein Percy war da, nur Staub und Fusseln. Sie stieg wieder herunter, schlich zur Treppe und lauschte. Nach einer Weile schlich sie ins Schlafzimmer ihrer Mutter. Eine gelbe Strickjacke lag auf einem Stuhl neben dem Bett, und auf dem Teppich stand ein Paar Schuhe. Finchen sah zum Schrank hin. Er war sehr hoch. Sie stieg auf den Stuhl mit der Strickjacke, aber sie kam nicht bis oben hin. Da kletterte sie auf die Frisierkommode neben dem Schrank, und in ihrer Brust machte es bum, bum, bum, denn sie wußte, daß sie das nicht durfte. Sie machte die Augen fest zu, damit niemand sie sehen konnte, dann streckte sie sich und tastete oben auf dem Schrank herum. Kein Percy war da, nur Staub und Fusseln. Finchen stieg herunter, ging wieder in ihr Zimmer und legte sich aufs Bett. Wenn also keine Geschenke auf dem Schrank waren, bedeutete das, daß eben doch der Weihnachtsmann kommen mußte. Aber würde er Percy bringen? Oder war jemand im Geschäft gewesen und hatte ihn gekauft?

Finchen fühlte sich sehr allein. Sie vermißte ihren Engel, mit dem sie sich unterhalten konnte. Nicht einmal Kater Rotbart hatte sich neben ihr Bett gelegt, weil er im Winter gern auf dem Kaminvorleger schlief. Finchen sprang auf, setzte sich auf die Fensterbank, wickelte den Vorhang um sich und schaute hinaus.

Sie würde auf den Weihnachtsmann warten und mit

ihm reden, das war das beste. Eine ganze Weile blieb sie mucksmäuschenstill sitzen.
Sie horchte auf Schlittenglöckchen, aber sie hörte nur Autos vorbeifahren. Sie starrte die vielen schwarzen Schornsteine an, sah überall zwischen den Häusern umher, aber da war nur das trübe, gelbliche Licht von den alten Straßenlaternen und kein Weihnachtsmann weit und breit. Finchen schlief ein.
Als sie aufwachte, fror sie. Sie wickelte sich aus dem Vorhang, lauschte in die Dunkelheit und wartete. Wie lange hatte sie wohl geschlafen? Vielleicht war der Weihnachtsmann ja schon dagewesen? Finchen stand auf und schlich die Treppe hinunter. Das Wohnzimmer roch nach Tannenbaum, es war sehr still. Der Engel und das Lametta und die bunten Kugeln schimmerten im Schein des schwächer werdenden Kaminfeuers. Rotbart schlief auf dem Vorleger.
Finchen setzte sich auf das Sofa, die Füße auf dem Teppich neben Rotbart.

»Ich warte nämlich«, flüsterte sie. »Ich warte, und dann sag ich ihm …«
Aber sie war so müde, daß sie nicht mehr wußte, was sie ihm sagen wollte. Sie stützte sich gegen die Sofalehne und versuchte krampfhaft, die Augen offenzuhalten. Nach einer Weile wußte sie nicht mehr genau, ob sie wach war oder nicht. Und dann war sie schon wieder eingeschlafen.
Ein neuer Geruch kitzelte Finchen in der Nase und weckte sie. Sie machte ihre verschlafenen Augen einen Spaltweit auf und sah, daß frisches Holz ins Feuer gelegt wurde. Es knackte und qualmte. Das also hatte sie in der Nase gekitzelt. Aber noch etwas anderes kitzelte in ihrer Nase. Jemand hatte sich an ihr Gesicht gekuschelt, und das war nicht Rotbart.
Finchen machte die Augen ein bißchen weiter auf, und da stieg ihr plötzlich ein Duft in die Nase – von nagelneuem Fell und Weihnachten.
»Percy!«
Und es war Percy! Er lag eng an Finchen geschmiegt,

sein Kopf war größer als ihrer, und über beide war die Decke aus Finchens Zimmer gebreitet.
Finchen setzte sich unter der Decke auf, drückte Percy an sich und rief: »Mama!«
»Fröhliche Weihnachten!« sagte Finchens Mutter. Sie kam mit zwei Bechern Kakao herein. »Und jetzt verrate mir mal, was du hier unten machst!«
»Ich warte auf den Weihnachtsmann«, sagte Finchen.
»Na, den hast du jetzt verpaßt«, sagte Finchens Mutter. »Ich hab die Pute aus dem Ofen genommen, und dann habe ich mal ins Wohnzimmer gesehen. Und was habe ich da entdeckt?«
»Mich!« rief Finchen.
»Dich und Percy«, sagte Finchens Mutter. »Und Rotbart auch. Du hast unter der Decke gelegen und fest geschlafen.«
»Die Decke hab ich aber gar nicht mitgebracht«, sagte Finchen.
»Nun, irgend jemand muß sie wohl gebracht haben«, sagte Finchens Mutter. »Und jemand hat Percy

gebracht. Der Weihnachtsmann hatte es bestimmt sehr eilig. Hast du auch die anderen Sachen gesehen, die er dagelassen hat? Sieh mal.«

Finchen sah hin. Unter dem Baum lagen zwei

Päckchen, eins sah hart und eckig aus, das andere weich und unförmig.
»Ein Buch und Hausschuhe mit Fell!« rief Finchen.
»Und ein bunter Teller«, sagte Finchens Mutter.
Finchens Mutter holte die Päckchen, Percy saß auf Finchens Schoß, und dann machten sie alles zusammen auf. Es waren Hausschuhe mit Fell innen drin und blauen Bommeln vorne drauf und ein glänzendes neues Buch mit vielen Bildern. Und auf dem bunten Teller lagen Bonbons und Nüsse und Schokotaler und eine Mandarine.
Das Feuer war in Gang gekommen, es brannte hell und warm, und auf dem Tannenbaum leuchtete der Weihnachtsengel.
Finchen zog ihre neuen Hausschuhe mit den blauen Bommeln an und ihren Heiligenschein vom Krippenspiel, dann kuschelte sie sich mit ihrer Mutter und Percy und Rotbart unter die Decke.
Und als sie ganz heiße Wangen hatte und so glücklich war, daß sie hätte platzen können, sagte sie:

»Weißt du was, Mama? Lena ist ganz schön dumm, und manchmal sagt sie ganz verkehrte Sachen. Der Weihnachtsmann ist gar nicht von irgendwem der Vater. Der Weihnachtsmann ist von allen der Vater!«

Fröhliche Weihnachten, Finchen!

Fröhliche Weihnachten, Percy!

Magdalen Nabb

FINCHEN WILL WAS SCHÖNES SCHENKEN

Gar nicht so einfach, ganz schnell ein besonders schönes Geschenk für Mama zu kaufen. Daß Rosen so schrecklich teuer sind, hat Finchen nicht gewußt. Aber wenn sie Geld verdienen will, faßt sie sogar Regenwürmer an. Nur mit geschlossenen Augen natürlich, sonst ist es zu eklig. Finchen wird außerdem noch mit ganz anderen Sachen fertig. Sie will unbedingt eine Katze haben, aber Mama meint, daß sie sich das nicht leisten können. Dann muß Finchen Rotbart eben heimlich ins Haus schmuggeln!

DRESSLER

Magdalen Nabb

FINCHEN FÄHRT ANS MEER

Das Meer riecht nach Zuckerwatte und Pommes frites, nach Badeanzügen und nach Wind und nach Salz. Finchen hat ein ganz kribbeliges Gefühl im Bauch, denn sie ist zum erstenmal am Meer. Mama und Oma wollen meistens ihre Ruhe haben, aber das will Finchen nicht. Sie reitet viel lieber auf einem Esel, auf dem größten natürlich. Angst hat Finchen nämlich überhaupt nicht. Nur als sie sich am Strand verläuft, bekommt sie einen ganz schönen Schrecken.

DRESSLER

Magdalen Nabb

FINCHEN IN DER SCHULE

»Eine Prinzessin«, denkt Finchen sofort, als das neue Mädchen in die Klasse kommt. Tahara sagt kein Wort, und sie schreibt von hinten nach vorn, so daß es nur Schnörkel und Punkte gibt. Aber das macht nichts. Dafür hat sie das schönste Kleid, das Finchen je gesehen hat. Und weil sie eine echte Prinzessin ist, darf sie sogar das eklige Fleisch beim Schulessen liegenlassen. Also wird Finchen auch Prinzessin, wenn sie groß ist!

DRESSLER